집, 내게 위로를 건네다

서지민 지음

집, 내게 위로를 건네다

초판 1쇄 인쇄 2022년 6월 10일
1쇄 발행 2022년 6월 20일

지은이 **서지민**
펴낸이 **천정한**
펴낸곳 **도서출판 정한책방**
출판등록 **2019년 4월 10일, 제2019-000036호**
주소 **(서울본사) 서울 은평구 은평로3길 34-2**
      (충북지사) 충북 괴산군 청천면 청천10길 4
전화 **070-7724-4005**
팩스 **02-6971-8784**
블로그 **http://blog.naver.com/junghanbooks**
이메일 **junghanbooks@naver.com**

ISBN **979-11-87685-73-9 (03810)**

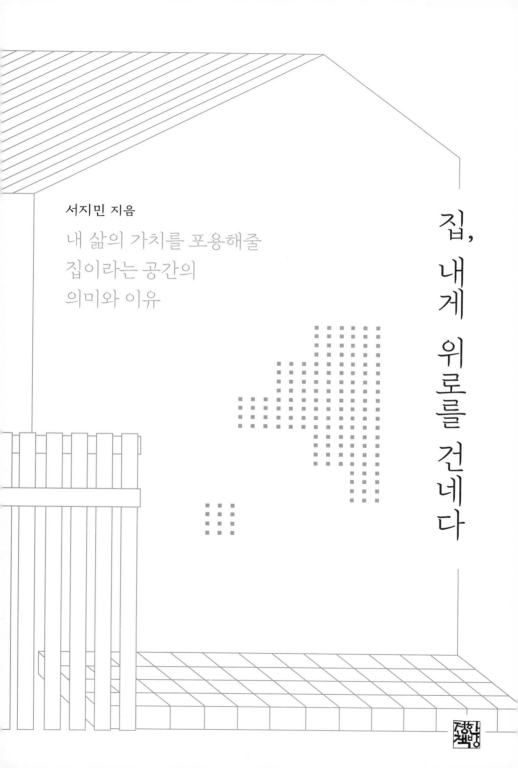

서지민 지음

내 삶의 가치를 포용해줄
집이라는 공간의
의미와 이유

집, 내게 위로를 건네다

변두리에 작은 집 짓기는
나다운 삶을 살게 한 첫걸음이었다

　나는 운명론자는 아니지만, 모든 것이 예정되어 있었던 듯 시간은 그렇게 흘러서 나를 마주하고 있다. 좀 더 편안하고 자유롭고 아름다운, 그리고 평범하지만 특별한 삶을 꿈꾸던 나는, 내가 원했던 삶의 방식으로 조금씩 나아가고 있는 중이다. 나의 삶이 어딘가 내 몸에 맞지 않는 듯 불편하고, 마음에 들지 않는 구석에 이리저리 눈을 돌리고, 최선을 다해 살지 않고, 마음과 정성을 다하지 않은 삶이었다. 그랬던 내가 연쇄 고리에 물리듯 서로가 연결고리가 되어 나의 생각과 나의 시간이 이어져 삶이 계속되고 있다.

　삶이란 참 신기해서 내가 원했든 원하지 않았든, 어떤 방향으로든 흘러가게 되어 있는데 그 시간 속의 나는 내 모습이 마음에 들었다가도 싫었다가도 하루에도 수십 번을 왔다 갔다 한다. 하지만 그 방향에 있어서 달라진 것이 있음에는 틀림없으니 좋은 방향으로 나의 삶이 꼬리에 꼬리를 물고 달려가는 중이고 그래서 나의 현재는 너무도 감사하고 행복하다고 여겨지는 것이다.

집을 지으면서 나는 조금 더 주체적이고 나다운 사람이 되는 첫 걸음을 내딛었다. 집짓기는 나다운 삶을 살게 한 시작이었다. 자유를 갈망하던 아이들과 진정 행복의 길이 무엇인지 고민하던 내가 맞물려 진지한 삶에 대해 성찰하는 시간이 이어졌고 외롭지만 온전하고 자유로운 삶의 길을 걸어가고자 노력 중이다.

그중에 만난 나의 오롯한 혼자만의 시간은 나 자신을 좀 더 들여다볼 수 있게 만들어주었고 내가 정말 즐겁게 할 수 있는 일을 찾게 해 주었다. 그 시간엔 위로가 있었고 마음 가득 벅차오름이 있었다. 내가 느꼈던 위로와 기쁨을 이 책에 잘 남길 수 있을까 걱정이 앞서지만 진솔하고 솔직하게 다가가 보련다. 나의 마음이 닿는 그 누군가 한 사람이라도 있다면 그걸로 충분하다.

2022년 6월
서지민

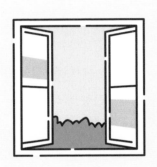

Chapter 1.

아파트는
사지
않기로
했다

여섯 번의 이사

첫 번째 이사는 결혼 후 처음 살던 집의 전세 계약이 끝나갈 무렵이었다. 딸아이의 유치원 입학을 앞두고 있었다.

그 무렵 일과 육아와 가사에 지쳐 있던 나는 너무도 쉼이 필요했다. 힘든 고민 끝에 오랜 시간 공들여 온 직장을 그만뒀다. 직장 상사에게 일을 그만두겠다고 얘기하던 날, 대학을 졸업하던 해에 이곳 직장에 합격했다는 연락을 받고 가슴 벅차게 기뻤던 내가 떠올랐다. 7년의 애증의 시간을 보낸 곳을 떠나는 일은 생각보다 쉽지 않았다. 내가 얼마나 간절히 바라고 원했던 공부였던가, 직장이었나. 나를 뒷바라지하며 고생하신 부모님의 얼굴도 스쳐 가고 울고 웃으며 힘들고 즐거웠던 지난 시간이 영화의 장면들처럼 스쳐 지나갔다. 하지만 그 시절의 나는 일, 육아, 집 어떤 것에도 집중하지 못하고 마음 붙이지 못한 채 힘든 시간을 보내고 있었기에 어려운 다짐 끝에 마음으로부터 나의 일을 떠나보내는 작업을 먼저 시작했다. 하루 종일 직장에 있으면서도 머릿속에는 아이 생각뿐이었다. 지금 더 집중해야 하는 것에 비중을 두는 삶을 살아보자고 다짐하며 나를 다독였다.

그 무렵 내가 삶에 집중하지 못했던 이유는 또 있었다. 공간에 대한 갈급함이었다.

결혼 후 살게 된 첫 전셋집은 내가 마음 붙일 수 없는 재미없는 공간이었다. 전세라는 이유로 도배도 싱크대도 바꾸지 않은 채 10년 넘은 상태 그대로 두고 우리는 몸만 들어왔다. 내가 꾸밀 수 없는 아파트라는 공간은 답답하고 재미가 없다는 걸 결혼 직후부터 느꼈다.

그리고 난 늘 집에 혼자였다. 그 시간은 나를 더 우울하게 만들고 모든 것으로부터 하고 싶은 의욕을 사라지게 했다. 그때부터 내가 애정을 쏟을 수 있는 공간을 갖고 싶은 마음이 조금씩 커졌다. 아이가 태어나고 자라면서 그 마음은 더 간절해졌다.

나는 간절함으로 남편을 수시로 종용했다.

"우리 다른 아파트로 이사 가자. 내가 꾸밀 수도 없고 우리 집은 너무 예쁘지 않잖아. 집을 살 수 있는 형편은 아니니까 깨끗한 새 아파트로 이사 가면 좋겠어."

사실 직장을 그만둘 때 즈음의 나의 상태는 무엇이든 변화가 필요한 극도로 위험한 상태였다. 우울증의 진단만 받지 않았을 뿐,

위태로운 시간이었다.

조금 무리해서 남편 직장 근처의 새 아파트에 전셋집을 계약했다. 내 직장은 그만뒀으니 남편의 출퇴근이 쉬운 곳으로 움직여보기로 했다.

그곳은 서울의 중심에 위치한 고급스러운 아파트였다. 우리의 소유는 아니었지만, 나는 그곳에서 서울의 문화적 혜택을 누리며 마음의 허기를 채웠다. 시간만 나면 아이와 함께 버스와 지하철을 타고 남산과 사대문 안을 헤집고 다녔다. 이름만 들어도 설레는 정동길, 옥인동, 효자동, 청운동, 가회동, 남산길이었다.

집에서 걸어서 갈 수 있었던 텃밭에 작은 땅을 분양받아 농사도 지었다. 집 바로 앞에 한강대교가 있었는데 대교를 반쯤 걸어가면 노들섬이 있었다. 지금은 그 시절 풍경이 모두 사라졌지만 노들섬 전체가 서울시민을 위해 텃밭으로 사용되던 시절이었다.

흙을 만지는데 왜 마음이 편해지는지 그때는 몰랐다. 별것 아닌 그 일이 어린 시절 소꿉놀이하던 나를 기억나게 했다. 작은 땅이 나를 위로했다. 흙냄새에는 어떤 힘이 있다는 걸 어렴풋이 느꼈다.

그렇게 2년의 시간은 나에게 조금의 안정감을 주었다. 하지만 자고 나면 올라 있는 전셋값은 늘 우리의 마음 한구석을 어렵게 했다. 재계약의 시점이 다가왔고 우리는 그새 오른 2억을 감당할 수 없었다.

집을 찾아다니는 일은 계속됐다.

"유치원 옮기지 않게 이 근처에서 최대한 알아보자. 환경이 자꾸 바뀌는 건 예다가 너무 안쓰러워서 안 되겠어."

지금의 상태를 유지하는 것이 최선이었다. 아이의 유치원을 옮기지 않고 현상을 유지하는 삶. 다른 것은 꿈을 꿀 수도 없고 쉽게 움직일 수도 없는 그런 막막한 상태.

집이 없는 이들의 서울의 삶이란 그런 것이었다. 내가 그나마 유지할 수 있는 작은 것들에는 아이의 행복이 있었다. 아이의 병설 유치원에는 아주 크고 넓은 운동장이 있었다. 50년의 역사를 가지고 있던 초등학교였는데 넓은 운동장에서 아이는 친구들과 행복한 시간을 보냈다. 그걸 지켜주고 싶은 나는 아이의 유치원을 옮기지 않는 선에서 고민하기로 했다.

마침 유치원 근처에 아주 큰 단지의 새 아파트가 입주를 앞두고 있었다. 많은 물량이 쏟아지고 조금은 저렴한 시세로 나온 집을 찾았다.

그것이 우리의 두 번째 이사였다. 집 밖만 나서면 놀이터에서 친구를 만날 수 있던 그곳에서 1년의 시간을 보냈다. 예다는 3년을 다닌 병설 유치원을 졸업했다.

그러던 중 둘째를 임신하고 나는 다시 집에 갇힌 생활로 돌아왔다. 누가 시킨 것도 아니고 내가 자초한 일이지만 계획 없이 찾아온 아이는 기쁨보다는 당혹스러움이 더 컸다. 오롯이 혼자 해야 하는 육아와 가사에 임신까지 더해져 아파트에 갇혀 생기를 잃어갔다. 그런 내 모습은 또다시 예전의 기억을 떠올리게 했다.

"회사에 대구지사로 발령을 신청해볼게. 거기 내려가서 1년 정도 지내다 오자."

친정엄마와 동생이 있으니 내가 조금 덜 힘들지 않을까 생각한 남편의 제안이었다.

남편 회사의 주택 지원으로 대구의 새 아파트 전셋집을 구하고 우리는 세 번째 이사를 했다. 큰아이는 대구의 초등학교에 입학하고 둘째의 육아도 친정의 도움을 받았다.

회사의 지원으로 집을 구하고 여윳돈이 생긴 우리는 이제는 적극적으로 앞으로 살 집을 찾아야 할 때라는 걸 직감했다. 서울에 살면서 틈틈이 봐두었던 동네를 중심으로 인터넷 부동산을 뒤졌다. 우리의 검색 매물은 아파트가 아닌 주택이었다. 브랜드별로 새 아파트에 살아봤지만 이것 또한 별다른 감흥이 없었다. '우리 집이 아니어서'라는 이유도 있었겠지만 아파트는 내가 살고 싶은 궁극적인 공간이 아니었다.

아파트에서 아이들에게 '뛰지 마. 조용히 해.'를 앞으로 수도 없이 하게 될 터였다. 다른 사람을 배려하는 마음을 넘어서는 문제였다. 우리의 삶을 바꾸게 될 일상 속 언어와 행동에 생각만으로도 가슴이 답답해짐을 느꼈다.

주말이 되면 봐두었던 집을 보러 서울로 올라왔다. 마음속에서 무언가가 꿈틀댔다. 상상 속의 집을 머릿속에 그려나가며 나만의 집 찾기를 시작했다. 그 여정 속엔 앞으로 세 번의 이사가 더 남아 있었다.

나는 나의 애정을 쏟을 공간이
필요한 사람이었어

나는 잘 몰랐다. 나의 취향은 고려되지 않은 집에 사는 것이 어떤 것인지. 친정엄마의 선호와 최소한의 비용으로 시작하는 결혼 생활이 어떤 것인지 말이다.

나는 나의 애정을 쏟을 공간이 유독, 지독히도 필요한 사람이었다. 유별나다고 한다면 할 말이 없지만, 나는 그런 사람이라는 걸 오랜 시행착오 끝에 알게 됐다. 그동안 별것 아니라고 쉽게 생각했었는데, 공간에 대한 의미를 내 삶의 중요한 부분으로 놓아야 한다는 걸 조금씩 깨달았다. 좋아하는 것이 무엇인지 잘 모르고 살았던 내가, 어느 순간 싫어하는 건 정말 확실한 사람이 되어 있었기 때문이다.

연습이 필요했다. 내가 좋아하는 것들을 찾아가는 연습.

내가 포함된 아파트라는 공간은 내가 가진 세계의 전부나 다름 없었다. 직장을 오가며 아이 엄마로 살아간다는 건 이전보다 더 한정된 공간만이 나에게 주어진다는 의미였다. 그리고 더 좁아진 인간관계만을 허용한다는 말이기도 했다. 나를 가둔 그 삭막한 시멘트의 공간은 나에게 창살 없는 감옥과도 같았다. 공간을 향한 나의 집착은 결혼 후 아파트에서 혼자 있는 시간이 길어지면서 더 강해진 것 같다. 그래서 그 공간이 더 삭막하다고 느껴진 건지도 모르겠다.

"여보, 우리 도배라도 해볼까?"

"저기 못이라도 하나 박고 예쁜 그림 하나 걸어볼까?"

"아니, 안 돼. 다시 원상 복귀해놔야 하잖아. 그리고 우리 집도 아닌데 뭘 돈을 써."

누구랄 것도 없이 주고받는 우리의 대화는 늘 제자리였다.

우리 집 거실에도 티비가 있던 시절, 목요일 아침마다 새로 지은 주택을 소개하는 프로그램을 빠지지 않고 챙겨봤다. 녹화까지 해가며 돌려보고 또 돌려봤다. 집주인의 생각과 가치를 담은 집들은 모두 아름다워 보였다.

'집은 나를 담는 그릇이구나. 가장 나다운 집, 나를 담을 수 있는 집, 그런 공간에 살고 싶다.'

'나도 내 이야기를 담은 집에 살 수 있을까. 그런 날이 올까.'

수도 없이 생각하던 날들이었다.

아이들이 레고를 가지고 노는 모습을 지켜보다가 문득 그런 생각이 들었다. 아이들은 작은 블록으로 집을 짓고 부수고 다시 또 짓는 일을 반복했다. 창문을 달고 지붕을 덮었다. 그 안에 구획을 나누고 아기자기한 가구를 만들어 늘어놓았다.

"얘들아, 지겹지도 않니? 하루 종일 똑같은 놀이만 하고 있잖아."

"엄마, 얼마나 재미있는 줄 알아? 이 놀이는 끝이 없어. 이렇게도 해보고 저렇게도 해보고 방법이 너무너무 많잖아. 하루 종일 해도 지겹지 않아."

집을 짓고 싶은 마음이 들기 시작할 무렵, 머릿속으로 몇 채의 집을 짓고 부수며 상상하던 나의 모습과 닮아 있었다. 그리고 어린 시절 인형의 집을 간절히 갖고 싶어 하던 내 모습도 겹쳐졌다. 공간에 대한 마음은 인간의 본능인 걸까.

좀 더 나의 공간에 애정을 쏟아보고자 낡은 아파트를 떠나 새 아파트만 찾던 시간이었다. 브랜드도 다양했다. 의도한 건 아니었다. 전세를 전전하며 꾸밀 수 없으면 그나마 깨끗한 집이었으면 한 내 바람 때문이었다. 래미안트윈파크, 동부센트레빌, 현대힐스테이트, 효성해링턴플레이스 등 모두 이름도 거창하다. 하지만 화려한 이름 뒤의 삶은 그렇지 못했다. 네모난 공간, 비슷하게 구획되어진 방들, 벽을 향해 붙어 있는 싱크대, 확장되어진 발코니, 똑같이 생긴 샤워부스를 가진 화장실까지. 집은 달라지고 이사를 했는데 똑같은 삶이 이어지는 느낌이랄까. 지금도 지난 사진을 찾아보면 여기는 어떤 아파트였는지 잘 가늠이 되지 않는다. 아이들의 모습을 보고 나이를 추측하고 연도를 추정해보면 '아, 여긴 그 아파트였구나'를 알 수 있을 정도이니. 깨끗하고 손 볼 곳 없이 살 수 있다는 장점을 빼고는 집을 옮겨 다녔지만 달라지는 건 없었다. 내 삶을 담아내지 못했다.

모두 '내 집이 아니어서'일 수도 있다. 그렇게 이야기한다면 나도 아니라고 말하지는 못하겠다. 비싼 돈을 지불하고 애써 그에 맞는 가치를 찾으며 좀 더 애정을 쏟고 의미를 부여했더라면 조금 달라졌을지도 모를 일이다. 하지만 우리는 일단 그런 비용을 투자할 만큼 돈이 없었다. 그래서 좀 더 다른 방식을 열심히 찾아본 건지도 모르겠다. 하지만 삶의 방식은 돈으로 환산할 수 없다는 확고한 나의 생각은 이전에도, 지금에도 변화가 없다.

'과연 그 많은 돈을 지불할 만큼 아파트의 삶이 나에게 가치 있는 것인가'라는 물음엔 그때도 지금도 아니라고 답할 수밖에 없는 나다. 누구나 삶에서 어떤 가치를 우위에 두느냐는 다르겠지만, 적어도 나에겐 집이란, 시세차익을 노리고 재테크의 수단으로 사고파는 거래의 물건이 아니었다. 오롯이 우리의 삶이 담긴 공간이길 바랐다. 그 길을 선택했고 지금도 후회는 없다. 지나가면 되돌아오지 않을 소중한 시간과 경험과 추억은 돈으로 살 수 없는 것들이었다.

무리해서 아파트를 샀더라면 아주 많이 오른 시세차익으로 우리 삶은 더 풍요로워졌을까. 아니면 그걸 놓기가 더 어려워졌을까.

다른 삶도 있다는 걸 영원히 모르고 살고 있을까. 아무도 모를 일이다.

나는 애정을 쏟을 수 있는 나만의 공간에서 내가 좋아하는 것이 무엇인지 열심히 찾고 있는 중이다. 앞으로도 열심히 찾아가며 살 것이다. 작지만 나의 이야기가 담긴 곳, 소박하지만 내가 무엇이든 하고 싶은 의욕이 생기는 공간에서 지금 이 이야기를 쓰고 있다.

서울 떠나면 큰일 날 줄 알았지

"우리 나중에 애들 다 키우고 나이 들면 어디서 살까?"

결혼 직후부터 이어졌던 남편의 한결같은 질문이다. 너무 먼 미래의 이야기에 관심이 없던 난, 늘 그렇듯 별 반응이 없었다.

"난 산이 좋은데, 당신은 바다가 좋지? 고향에 내려가서 사는 건 어때?"

나의 고향은 바다가 있는 포항, 남편의 고향은 내륙도시 대구다. 남편은 자신이 살던 곳에 다시 내려가는 꿈을 아직 접지 않았다.

고향 얘기에 발끈한 나는 기다렸다는 듯 대답했다. 남편의 고향은 너무 가기 싫으니까.

"난 서울에 살고 싶어. 아이들은 학교 다니고 직장 다니고 모두 서울에 있을 텐데 우리가 너무 먼 곳에 살면 아이들이 오기 힘들잖아. 자주는 못 봐도 너무 멀리 있는 건 별로야."

남편과 나는 멀고도 가까운 미래를 미리 걱정하며 시답잖은 대화를 나누곤 했다.

"서울은 사람도 너무 많고 차도 너무 막히고. 나는 지금도 조용한 곳에 살고 싶어."

나의 서울 드림과는 달리 남편은 늘 한적한 곳에 가서 살고 싶다고 이야기했다.

"당신 직장이 서울인데 자꾸 어디를 가고 싶다는 거야. 출퇴근 멀어지면 얼마나 힘들겠어. 어떻게든 여기 있어야 해."

사실 내가 남편에게 '어떻게든 여기 있어야 해'라고 단호하게 말한 건 하루아침에 만들어진 생각이 아니다. 나는 지방에서 태어나 유년 시절을 보내고 고등학교를 졸업할 때까지 그곳에서 살았다. 자라면서 내가 사는 곳과 아주 먼 서울이라는 큰 도시에 막연한 동경과 환상을 가지고 있었다.

서울에서 대학을 졸업하고 직장을 구하고 남편을 만나 결혼하면서 어느 순간 서울살이는 내가 꼭 유지하고 해내야 할 과업이 되었다. 어렵게 공부해서 올라온 이곳을 떠나면 안 된다는 생각. 이곳을 떠나게 되면 애써 쌓아온 나의 시간을 부정하게 되는 느낌이 들었다. 공부하고 직장 다니며 외롭고 힘든 시간을 견뎌온 만큼 계속 이곳에 살아야만 그 힘들었던 시간을 보상받을 수 있을 것 같은 느낌이었다. 어설프고 별것 없던 나의 서울 드림은 차곡차곡 쌓여갔고 그곳을 떠나지 않는 것이 어느새 나의 목표가 되었다.

하지만 지방에서 터전을 잡고 살고 계신 부모님을 떠나 온 우리 두 사람은 서울 생활이 버거웠던 것이 사실이다. 금전적인 부분도 그랬고, 야박하고 정 없이 느껴지는 깍쟁이 서울내기 틈 속에서 어리숙한 지방 출신은 늘 감정적으로 휘둘렸다. 그래도 직장이 있으니 멀리는 가지 못한다며 우리의 견딤을 정당화하려 애썼다.

사실 출퇴근은 정말 중요한 문제였다. 먹고사는 일이 서울에 있는 한 여기에서 너무 멀리 떨어진다면 저녁 없는 삶, 길 위에서 보내는 아까운 시간 등 용납되지 않는 것들이 너무 많았다. 서울 떠나면 정말 큰일 날 줄 알았다.

나의 미련과 고집으로 서울에서의 우리 집 찾기는 꽤 오랜 시간 계속되었다. 아이를 키우며 정착할 곳을 찾는다는 건 생각해야 할 것들이 훨씬 많다는 이야기였다. 서울에 아파트와 주택이 모인 곳이라면 어디든 찾았다. 하지만 등하교와 출퇴근과 금전적인 부분을 모두 고려하면서 우리가 살 곳을 찾는 일은 쉽지 않았다.

내 집 없는 설움을 한껏 느꼈던 전세살이의 세월과 새로 지은 아파트라면 종류대로 살아본 재미없던 시간은 공간에 대한 간절함을 더 크게 만들었고 아파트를 벗어난 삶을 살아보고 싶은 마음을 꿈틀거리게 했다.

그렇게 아파트를 벗어난 삶을 조금씩 계획하게 되면서 서울의 단독주택이 모여 있는 곳 또한 안 가본 곳이 없다 싶을 정도로 수많은 곳을 찾아 헤맸다. 끝도 없이 낡고 오래된 주택을 찾아다녔다.

골목 귀퉁이의 작은 땅이 혹시 없나 인터넷을 뒤졌고 주말마다 부동산을 기웃거렸다. 작고 오래된 주택, 자투리땅, 어떻게든 찾아보면 작고 작은 우리가 살만한 집과 땅을 구할 수 있지 않을까 하는 미련은 쉬이 사라지지 않았다.

계약 직전 날아간 봉천동 옛날 주택, 초등학교 운동장과 창문이 붙어 있던 광장동 주택, 주차가 불가능한 청운동 2층집, 다닥다닥 붙어 있던 후암동 뒷골목 작은집까지, 사연도 많고 힘든 여정 속 인연이 닿았던 집들이 많다.

예다와 난 아직도 예전에 둘러봤던 집에 관한 이야기를 나눈다.

"엄마, 그 봉천동 집 있잖아. 오래된 2층 양옥집. 그 집 마당에 단풍나무가 있었잖아. 정말 예뻤었는데. 그치? 마당 가득 빨간 단풍잎이 깔려 있었잖아. 정말 예뻤어."

"예다야, 그 집도 생각나? 청운동 골목 끝 집. 2층 주택이었잖아. 2층 테라스가 엄청 넓어서 강아지 키우기 딱 좋았는데. 거기로 이사 갔었다면 어땠을까? 주차가 힘들어서 많이 불편은 했겠지?"

그 시절 아이들을 데리고 집을 보러 다니는 일은 재미도 있었지만 참 힘들기도 했었다. 언제쯤이면 우리도 안정된 우리 집에 살게 될까 꿈을 꾸던 시절. 칭얼거리는 아이들을 달래며 집을 보고 골목을 뒤지던 우리.

집에 대한 감정이 너무 서럽고 애달팠던 그 시간이 쌓여 우리는 좀 더 어른이 된 걸까. 우리 힘으로 어떻게든 살아보겠다고 발버둥

치던 우리 두 사람이 함께 보낸 그 시간 덕분에 우리는 지금 살고 있는 이곳이 더 소중하게 느껴지는 건지도 모르겠다.

그렇게 오랜 시간 미련을 버리지 못했던 나와는 달리 서울에서 집 찾기가 꽤 오랜 시간 진전이 없자 남편은 오래된 주택을 사고 고치는 비용까지 생각하면 서울에서 그런 집을 찾는 건 쉽지 않을 것 같다는 판단을 한 듯했다. 더구나 마음에 드는 우리만의 집을 짓는 것이 낫겠다는 판단은 서울을 벗어나야 한다고 말해주고 있었다.

치열한 삶의 현장에서 조금 벗어나 여유를 가지고 살고 싶은 남편의 마음과 주택을 향한 간절한 나의 마음이 만나 우리는 결국 경기도로 눈을 돌렸다. 사실 남편의 설득에 내가 따랐다. 본인 스스로 출퇴근 마지노선을 정하고 혼자 고민 많던 시간을 누구보다 나도 잘 알기에, 그리고 우리의 금전적인 상황으로 더 이상의 고집은 힘들 것이라는 걸 알기에, 서울에서 작은 자투리땅에 주택을 짓고 싶은 나의 마음은 잠시 접어두기로 했다.

맞다. 내 바람은 서울의 주택에 사는 것이었다. 서울을 떠나기 싫은 마음과 주택에 살고 싶은 마음은 둘 다 모두 간절해서 어느 하나 포기하기가 쉽지 않았던 것이다. 하지만 서울에 살고 싶은 마음보다 나의 공간에 대한 간절함이 더 컸었던 것 같다. 귀하고 소중한 유년 시절을 보내며 자라고 있는 두 아이의 엄마라는 사실은 무시할 수 없는 가장 중요한 요소였다.

사실 지금도 서울을 떠나는 아쉬웠던 마음이 모두 없어졌다고 한다면 그건 거짓말일 거다. 떠나기 전 예상했던 대로 서울을 떠나와 보니 서울에 살면서 하던 것들이 그리울 때가 있다. 밤늦게 마음 편한 만남을 이어가는 일은 포기한 지 오래다. 아이들이 크고 조금 여유가 생기면서 친구들도 만날 수 있게 되었는데 맥주 한잔하고 밤에 집까지 돌아오기가 참 애매하다. 혼자서 대리를 부르려니 익숙하지 않고 택시를 타려니 무서운 마음이 든다. 그리고 한 번씩 일을 보러 나갈 때면 그렇게 먼 거리가 아닌데도 큰마음 먹고 길을 나서야 한다. 그러니 조금씩 그 횟수가 줄어든다. 이렇게 시간이 지나면서 서울을 떠난 삶을 살아가는 방법을 익히게 되는가 보다 싶게 세월이 지났다.

사실 나의 아쉬움이 아이들에게도 전해진 건지 모르겠지만, 아이들은 나보다 도시의 삶을 조금 더 자주 그리워한다. 우리 집이 너무 좋으면서도 마당에서 시간을 보내는 일이 행복하면서도 가끔 서울 나들이를 가면 얼굴에 웃음꽃이 핀다. 예전에 살던 동네를 산책하고 자주 가던 음식점을 방문하고 쇼핑몰을 둘러보고 사람 많은 곳에 가서 분주하고 북적한 기운을 양껏 받고 돌아온다.

"예다야, 여기 살면 좋을까? 여기 아파트에 살면서 가끔씩 교외로 나가서 바람 쐬고 쉬는 삶은 어때?"

"아니, 엄마 나는 지금 우리 집에 살면서 가끔씩 서울 나들이 오는 게 더 좋아. 그게 더 낫겠다는 생각이야."

마음만 먹으면 인파에 파묻히는 괴로움 아닌 즐거움을 느낄 수 있는 거리에 살고 있으니, 서울을 떠나도 큰일 날 일은 없었다. 결국 나의 마음가짐의 문제일 뿐. 물론 모든 일이 그렇겠지만.

집에서 마음껏 여유를 즐기고 편안함을 느낄 수 있으니 북적이는 인파의 에너지가 가끔 그리운 것인지도 모를 일이다.

지금의 난 내가 살고 있는 이곳이 참 좋다. 내 삶터를 부정하던 과거의 나는 행복하지 않았다. 그곳에서 내 아이가 잘 자라기를 바라는 마음도 너무 못난 욕심이었다는 것을 이제는 안다. 내 삶터를 아끼고 사랑하는 것, 이곳에서 나의 아이가 다른 이와 더불어 잘 살아내길 바라는 선한 마음이 이제 조금 생겼다. 그 마음이 내 삶을 좋은 방향으로 이끌고 있음은 틀림없다. 그것이 아이들에게 좋은 영향을 미친다는 것도.

내 삶터를 애정하는 마음은 나 또한 처음 느껴보는 감정이다. 지금 나의 이 작고도 큰 변화는 내가 살면서 하게 된 그리고 앞으로 하게 될 경험 중에서도 가장 값진 것이 아닐까 감히 짐작해본다.

아이들은 커서 서울의 삶을 선택할까? 주택에 살던 유년 시절의 추억은 아이들에게 어떤 기억으로 남을까? 지금의 시간이 앞으로 펼쳐질 인생의 선택 길에 어떤 방향을 제시해줄지 궁금해지는 밤이다.

"엄마, 난 커서 정원사가 될 거야"

　나의 친정은 테라스 정원을 사용할 수 있는 아파트의 1층이다. 베란다에는 정원으로 나갈 수 있는 문이 있다. 문을 열고 몇 개의 계단을 내려가면 벽돌 바닥의 작은 테라스가 펼쳐진다. 테라스 양쪽 옆으로 작은 정원이 자리 잡고 있다. 세월을 품은 정원의 나무들은 아파트의 나이만큼 30년 이상의 나이를 먹고 우뚝 서 있다. 1층이라 나무의 큰 키로 햇볕을 가리기도 하지만, 그만큼 풍성한 초록을 한껏 누릴 수 있다. 정원의 콘셉트는 손대지 않은 듯 꾸미지 않은 듯한 자연스러움이다. 자연스러운 정원을 꿈꾸는 엄마는 정원을 매일 손수 가꾼다. 20년 가까이 엄마의 손길이 닿은 정원은 소박하고 예쁘다.

　어린 시절 외갓집에서 시간을 많이 보낸 예다는 정원에서 보내는 시간이 많았다. 집을 떠나 외갓집에 가면 또래 친척도 친구도 없이 그곳에서 오롯이 혼자만의 시간을 즐겼다. 흙을 파고 식물에 물을 주고 벌레를 잡고 시간 가는 줄 모르고 놀았다. 그 시간의 기억 때문일까? 언젠가부터 예다의 꿈은 정원사가 되었다.

초등학교를 입학하던 해, 장래 희망과 꿈을 조사하는 설문지에 예다는 정원사와 농부를 적어냈다. 작고 어린 아이는 작은 풀 한 포기, 꽃 한 송이를 예사로 보지 않았다.

정원사가 꿈이라니, 다른 꿈도 아니고. 흙을 밟고 살고 싶은 내 마음이 더 꿈틀댔다. 자연을 사랑하는 아이로 키우고 싶은 엄마의 꿈은 그때부터 시작된 것 같다. 예다의 꿈 이야기를 시작으로 적극적으로 집에 대한 이야기가 시작됐다.

마당이 있는 집, 아이가 마음껏 식물을 가꾸고 흙을 만지면서 놀 수 있는 공간, 우리 삶의 터전에 그런 공간이 함께 하기를 꿈꾸며 막연하고 막막한 꿈을 향해 다짐하던 나날이었다.

그리고 돌이켜보면, 매번 아이의 교육기관의 선택에는 자연이 가장 중요한 요소였다. 하지만 자연을 가까이 해주고픈 나의 간절함은 늘 뒤로 미뤄둬야 했었다. 맞벌이하며 아이가 어릴 때 보내야 했던 어린이집에는 별다른 선택지가 없었다. 엄마가 없는 아이는 최대한 오랜 시간 선생님과 함께해야 했고, 늦게까지 집 밖을 떠돌아야 했다. 아이에게 주어지는 환경은 최대한 안전하고 폐쇄적인 공간일 수밖에 없었다.

여러 가지 이유들이 있었지만, 예다가 5세가 되던 무렵, 직장을 그만뒀다. 아이와 많은 시간을 함께하게 된 나는 조금 더 여유 있는 마음과 환경을 아이에게 주고 싶었다. 어쩔 수 없이 선택할 수밖에 없던 이전의 과정들에서 벗어나 아이에게 줄 수 있는 더 행복한 환경을 고민했다. 영어유치원, 놀이학교 대신 엄마와 많은 시간을 보낼 수 있는 곳을 택했다. 점심만 먹고 돌아오는 병설유치원에는 공원처럼 큰 운동장이 있었다. 하원 후 운동장과 놀이터에서 오랜 시간 친구들과의 놀이가 이어졌다.

엄마와의 시간이 많아진 아이는 조금 더 자유로워졌다. 그 무렵 우린, 집 근처 텃밭에서도 오랜 시간을 보냈다. 그곳엔 예다가 좋아하는 것들이 많았다. 강아지, 닭, 토끼가 있었고, 연못, 원두막 등 도심 속에서 그나마 아이가 자연을 가까이하기엔 더할 나위 없이 좋은 장소였다. 예다와 나는 흙을 만지고 풀을 뽑고 동물들과 평화로운 시간을 보냈다. 적지만 소소한 수확물들도 맛봤다. 흙을 만지는 경험은 정말 참 좋았다.

이후에 초등학교를 선택할 때도 가장 중요하게 생각했던 부분은 자연과 얼마나 가까운가였다. 물론 교육적인 부분을 무시할 수는 없었지만 나의 마음을 가장 끌리게 했던 건 학교 뒷산이나 텃밭, 운동장, 놀이터였다. 학교와 붙어 있던 뒷산에 얼마나 자주 올라가서 놀 수 있는지, 텃밭을 가꾸는 건 일주일에 몇 시간인지, 뒷산에서 할 수 있는 활동들은 무엇이 있는지가 공부보다 사실 더 중요하다고 생각했다.

아이는 일주일에 짧게 주어지는 텃밭의 시간을 즐거워했다. 가지를 키워오고 오이를 따왔다. 더운 날 물을 길어 먼 거리를 다니느라 땀 흘리며 힘들었던 경험도 소중했다. 공부로 많은 스트레스가 있던 그때도 예다는 자연의 시간 속에서 작은 위로를 느꼈을 것이다.

공교육을 멈추고 전학 가며 처음 경험하게 된 대안학교에서는 더 다양한 활동이 많았다. 예다는 산림청에 소속되어 학교 뒷산을 관리하는 일을 맡았다. 닭장의 닭도 돌보고 뒷산의 쓰레기도 주웠다. 나무에 오르고 폭신한 낙엽 위를 걷는 일은 예다의 가장 즐거운 하루 일과 중 하나였다. 고학년이 되어 산림청장을 맡고 나서는 학교 뒷산을 더 애정 있게 관리했다. 예다의 자연, 동물 사랑은 끝이 없었다. 하루하루 자연을 사랑하는 아이로 커갔다.

초등학교 졸업을 2년도 채 남기지 않고 입학했던 숲 학교는 예다의 장점이 극대화된 시간이었다. 오롯이 자연과 하나 되는 경험을 더 어린 유년 시절부터 했더라면 좋았겠지만, 그동안 쌓였던 내공들과 색다른 경험들로 숲 학교의 시간은 더 풍성하고 즐거웠다.

숲 학교에서 대부분의 놀이를 주도하던 예다는 어느 날 아빠와 페트병을 잘라 물고기 트랩을 만들었던 기억을 되살려 학교에서 솜씨를 뽐냈다. 아빠가 어린 시절 냇가에서 물고기를 잡고 놀던 방법이었다. 아빠와 함께 페트병을 자르고 뚜껑을 거꾸로 조립하고 된장을 넣어 물고기를 잡던 경험이 이제 숲 학교에 전수되어 예다가 졸업하기 전 함께 했던 동생들을 필두로 물놀이 전통으로 자리 잡았다.

정원사가 되고 싶다던 아이는 주택으로 이사 후 집에서의 시간도 자연과 가까운 것들로 채웠다. 나무 쇼핑을 즐거워하고 봄이 되기가 무섭게 꽃시장을 가자고 졸라대고 그곳에서 모종을 고르는 일이 가장 즐거운 아이였다. 양재꽃시장이 예다의 최애 쇼핑 장소였다. 집의 마당에선 화분 분갈이를 하고 식물의 종류대로 줄기를 꺾어 물꽂이를 해서 뿌리를 내리고 가을에 씨앗을 받아 봄이 되면 화분에 심었다. 강아지, 병아리와 한 몸이 되고 잔디와 벤치에 누워 하늘을 봤다. 나무에 올라가 책을 읽고 그네를 타고 간식을 먹고 마당 생활을 즐겼다.

그러던 첫째 예다에게 사춘기가 찾아오고 슬프게도 지금은 꿈이 없다고 이야기한다. 학교 농사 시간에 뜨거운 햇볕을 부담스러워하는 나이가 되었다. 하지만 자연을 사랑했던 그 시절 그 마음은 아직 함께하고 있다고 믿는다. 언젠가는 발현될 그 시절의 자연을 향했던 마음들을 잘 간직하고 있는 것이라 생각한다.

누나 대신 마당의 시간을 마음껏 누리고 있는 둘째를 본다. 더 긴 시간 자유롭고 풍성한 마음들로 채울 수 있길 기대한다. 조금 더 따뜻하고 조금 더 여유 있는 마음의 품을 자연이 내어줄 것이다. 우리 부부도 그 시간 함께하며 아이와 자연에게 배우고 성장할 것이다.

주말마다 집 밖으로 나가라고
누가 떠밀었니?

"이번 주말엔 어디 갈까? 밖에서 밥은 뭘 먹지?"

주말이 되면 어김없이 집을 나섰다. 누가 불러주지도 않았는데, 오라고 하는 데도 없는데 주말이 되면 으레 외출할 준비를 하고 집 밖으로 나왔다.

아파트에서 아이와 함께 하루를 보내는 일은 내게 분명 한계가 있었다. 오랜 시간 갇힌 공간에서 할 수 있는 일은 나 혼자 있을 때 가능했던 일이었다. 집안일을 하거나 티비를 보거나 책을 보거나 낮잠을 자는 일은 어른인 내가 혼자 있을 때 시간을 보내는 방법일 뿐이었다. 아이와 집에서 노는 건 늘 어렵고 지겹다고 느껴졌다.

남편은 주말에도 바빠서 나는 아이와 단둘이 있는 시간이 많았다. 아이와 나는 집 근처의 놀이공원에서 하루를 보내곤 했다. 하루 종일 집에서 아이를 감당하기엔 체력에 한계가 있었고 하루의 시간은 너무 길었기 때문이다. 너무 자극적이고 정신없고 시끄러운 공간이었지만 아이가 좋아하는 것들로 가득 채워진 그곳은 내가 포기한 나의 시간을 아이와 함께 흘려보낼 수 있는 유일한 장소였다.

남편이 있는 날엔 차를 타고 집에서 좀 더 먼 교외로 나갔다. 도시의 삶은 누구나 그렇듯 늘 여유 없고 삭막했다. 평일에 쫓기듯 살았으니 주말엔 제대로 쉬고 싶다는 생각이 앞섰다. 좀 더 여유 있고 한적하고 공기 깨끗한 곳에 가서 쉬고 싶은 마음은 교외로 변두리로 도시를 탈출하게 했다. 하루 종일 집 밖에서 시간을 보내는 주말의 일상은 늘 반복됐다.

하지만 제대로 쉬고 싶다는 마음만 있었을 뿐, 분명 휴식은 아니었다. 한적하고 여유 있는 교외로 나가기까지 차는 늘 막혔고 끼니는 늘 사 먹어야 했고 집에 오면 쉬었다는 생각보다 몸은 더 피곤했고 지출은 컸다.

집에서 아이와 즐겁게 시간을 보내는 일은 분명 어렵고 힘든 일이었지만, 조금 더 간절한 마음으로 다른 삶을 꿈꾼 계기가 되었다. 아이들에게 더 자유로운 환경을 만들어주고자 하는 마음이 시작되었으니 말이다.

집에서 하루를 보내는 요즘은 평범한 일상에서 새로운 재미를 맛본다. 티비와 컴퓨터 없이 하루를 보내는 일은 아이들로 하여금 다른 놀이를 끊임없이 찾게 한다. 미디어에 노출되지 않는 아이들은 스스로 즐거운 놀이들을 찾는다. 계단을 오르내리며 공간마다 새로운 놀이를 만들고 마당에 나가 작지만 알찬 자연을 만난다.

우리 부부 또한 해야 할 일이 너무 많다. 작지만 우리 손이 곳곳에 필요한 공간은 잠시도 우리에게 쉴 틈을 주지 않는다. 좀 더 몸을 움직이고 좀 더 다른 생각들로 시간을 채워간다.

다락을 포함한 4층의 공간은 넓지는 않지만 손길이 가야 하는 곳이 많다. 아침에 일어나면 한 층, 한 층 위에서부터 차례로 내려오면서 정리와 청소를 하는데 큰 집은 정말 필요 없겠다 싶은 마음이 절로 든다. 각자의 방을 치우고 정리하는 아이들을 도와 나도 함께 곳곳의 공간에서 시간을 보낸다. 요 며칠 저녁 시간엔 네 식구 다 같이 다락에서 시간을 보냈다. 아이들은 종이 집을 만들고 난 바이크를 탄다. 아빠는 옆에서 요즘의 일상을 나눈다. 종알쫑알 모두 다 같이 수다 떨고 음악도 들었다. 또 평소엔 1층에서 대부분의 시간을 함께 보내는데 그 공간에선 요리를 하고 음식을 먹는 중요한 일이 하루 종일 이어진다. 부엌과 식당이 따로 구획지어지지 않은 1층의 구조는 먹고 사는 일과 그 준비를 하는 일이 엄마의 일이 아닌 가족 모두의 시간으로 바뀌는 마법이 펼쳐진다.

마당은 또 얼마나 손이 많이 가는지 모른다. 치워도 별 표시가나지 않는 마당은 청소와 정리를 하지 않으면 단번에 티가 난다. 나무 가지치기로 하루를 꼬박 보낸 적도 있고 외장에 둘러진 나무에 오일 스테인을 바르는 하루, 장작을 도끼로 쪼개고 정리하는 일,

나무를 사다가 창고를 만드는 일, 닭장을 짓는 일, 고압호스로 외벽을 청소하는 일, 잔디 씨앗을 뿌리는 일, 텃밭의 잡초를 뽑는 일, 거름을 뿌리는 일, 음식물쓰레기를 거름으로 만드는 일, 불터를 정리하는 일, 동물 가족들을 돌보는 일, 잔디 위 떨어진 낙엽을 쓰는 일 등 마당의 일은 해도 해도 끝이 없다. 그 일을 하는 아빠 옆에서 아이들은 하루를 함께 한다. 일도 돕고 수다도 떨고 자신들만의 놀이도 만든다.

공간에 대한 간절함은 막연했지만 강력한 것이었다. 경험해보지 않았으니 명확하게 단정 지을 수 없었지만 어렴풋이 느껴지는 강력한 힘은 나를 움직이게 했고 우리의 삶을 바꾸었다. 달라진 공간은 달라진 삶을 만들어냈다. 내가 원하고 내가 간절히 바랐던 삶이었다. 아이들이 끊임없이 만들어내는 새로운 놀이와 마음껏 느끼는 자유로운 시간은 공간의 변화와 함께 찾아온 것들이었다. 아이들이 한 살이라도 어릴 때 마당 있는 집에 살고 싶었던 이유다.

남편 또한 자신만의 역할과 공간이 생겼다. 마당의 일은 그렇게도 그에게 두려웠던 것이었건만 이젠 그와 뗄 수 없는 분신과도 같은 공간이자 작업이자 성취와 즐거움이 되었다. 주말이 되면 마당의 일로 하루를 보내는 남편은 이제 본인이 없으면 해결할 수 없는 일들이 생겨 힘들고 피곤하지만 때론 즐겁고 뿌듯하다. 남편은 흙을 만지고 정원을 가꾸고 목공 작업을 하고 집을 돌보는 일이 적성에 맞는 것 같다는 이야기를 한다. 너무 내 입장에서 생각하는 면도 없지 않아 있지만, 내가 보는 남편 또한 분명 그 일들을 통해서 마음의 위로를 느끼는 것 같다. 본인이 아니면 해결되지 않는 일이라는 것, 또 그 일이 가족을 위한 것이라는 결론이 그에게 존재감과 행복을 가져다주었던 게 아닐까.

주말마다 집 밖으로 떠돌던 일상은 집을 지으면서 멈추었다. 집을 떠나 멀리 여행을 가는 일 또한 여전히 중요하고 가끔 필요한 일이지만, 이제는 집에서 평온함을 누리는 일이 우리의 일상이 되었다. 집에서 추억을 쌓는 일은 소중한 경험임이 틀림없다. 아이들의 유년 시절, 아이들과 함께 살아가는 소중하고 귀한 경험들이 켜켜이 쌓여있는 이 공간을 우리는 이제 너무도 사랑하게 되었다.

우리는 가끔 이곳을 떠나게 될 날을 상상을 하며 이야기를 나눈다. 아이들이 크고 집을 떠나고 우리도 높은 집이 부담스러워질 노년이 되면 이 집은 더 이상의 쓸모를 잃고 우리가 아닌 새로운 주인을 만나지 않을까 한다. 우리가 써나갈 시간이 우리에게 얼마 남지 않았음을 안다. 슬프지만 그래서 더 애틋한 한정된 우리만의 시간을 더 즐겁고 더 행복하고 더 진하게 차곡차곡 쌓아가고 싶다.

"아니, 나는 주택살이 반대야"

낡은 아파트를 떠나 새 아파트 전세를 전전하며 집 없는 설움을 한껏 느끼던 시간 동안 내 집을 향한 갈망이 조금씩 커졌다. 너무 많은 이사로 몸과 마음도 지쳤다. 서울에 계속 살고 싶었지만 자연을 가까이하고 살고 싶은 마음 또한 컸다. 두 아이를 키우는 엄마의 삶이 그 마음을 더 커지게 했다.

결혼 후 10년의 시간은 내가 살고 싶은 집이 어떤 곳인지 내가 어떤 공간을 좋아하는지 찾아가는 시간이었다. 그 시간 동안 찾아 헤매고 방황했던, 공간을 향한 나의 마음은 주택을 향하고 있었다. 이제는 어디든 정착해야 한다는 생각과 나만의 삶이 담긴 집에 대한 간절함, 자연을 향한 그리움이 더해져 주택살이에 대한 꿈을 실행으로 옮기고 싶다는 생각이 마음 가득 차올랐다.

하지만 남편의 반대를 마주했다. 주택 이야기를 처음 꺼냈을 때 남편의 반응이 좋지 않았다. 주택에 살아본 적 있느냐고. 일도 많고 탈도 많고 얼마나 힘든지 아느냐고 했다. 어릴 적부터 오랜 시간 주택에 살아본 경험이 있는 남편은 주택에 살고 싶다는 나의 말에 고개를 저었다.

새 아파트만 고집하던 나의 기대에 맞추느라 허리가 휘었는데 이번엔 또 주택이라니. 너무 많이 달라진 희망 사항에 남편은 따라오기 버겁고 벅찼을 테다. 더구나 주택이라면 본인의 일이 너무도 많아진다는 걸 직감해서였을까. 어두워진 그의 표정은 나의 간절함만큼이나 근심 깊었다.

남편을 설득해야 했다. 하지만 나는 설득보다는 버티기의 작전으로 밀고 나갔다. 한동안 냉전의 시간을 보냈다. 내가 생각해도 나는 막무가내였다.

"주택이 아니면 안 돼. 아파트는 싫어. 그동안 내가 마음에 들어했던 아파트도 당신은 싫다고 했었잖아. 내가 그렇게 살고 싶다던 동네, 종로의 아파트들도 모두 기회를 놓쳤잖아. 이젠 나도 아파트가 싫어졌어. 주택에 살고 싶어. 주택이어야만 해."

집의 가치에 대해서 다시 생각하는 시간이었다. 사고팔기 쉬운 투자의 개념에 가까운 아파트에서 우리의 삶을 온전히 들이는 주택으로.

우린 선택의 기로에 서 있었다. 집에 대한 가치를 어디에 둘 것인가, 어떤 것을 우위를 두고 전 재산을 투자할 것인가에 대한 문제였다. 집값이 오르고 그걸 팔아서 투자하고, 팔지 않더라도 '내가 살고 있는 집이 지금 얼마야. 얼마가 올랐어'라는 눈에 보이지 않는 비교의식의 우월감으로는 나의 마음을 채울 수 없었다.

아이들이 마당을 누비고 계단으로 층을 오르내리며 자유롭게 뛰어다니는 집, 평범한 네모 아파트의 구조와는 다른 모양의 집, 나만의 취향으로 꾸민 집, 내가 좋아하는 색깔과 재료들로 나를 압도하는 집, 나의 이야기가 담긴 집, 가장 중요한 부분은, 이 모든 것들로 내가 무언가를 하고 싶게 만드는 집이어야 했다.

미래를 위해 현재가 저당 잡히는 삶은 너무 슬프지 않은가. 너무도 간절했던 내 마음만큼 남편의 망설임도 컸기에 우리는 힘들었다. 미래를 위한 지금의 희생은 당연한 것이라는 생각은 남편에게 아주 확고한 가치관이었고, 지금의 시간을 놓치면 다시 돌아오지 않는다며 나 또한 내 생각을 굽히지 않았다.

막연한 두려움과 걱정으로 내 의견에 반대하는 남편이 미웠다. 내 마음만큼 간절하지 않은 당신이 내가 하자는 대로 좀 따라와 주면 좋겠는데, 너무 섭섭하고 마음 상한 날들이었다. 한두 푼 돈이 드는 일이 아니니 당연하기도 했지만.

그렇지만 뭐 어쩌겠는가. 당신이 결혼한 사람이 이런 걸 좋아하는 사람인데. 나도 내 마음을 어쩌지 못하는데. 방법이 있나. 같이 따라오는 수밖에.

결국에는 남편도 내가 하자는 것에 마지못해 따라와 주는 경향이 없지 않아 있지만, 그 사이 내가 상하는 마음은 나도 어쩌지 못하겠다. 고마운 마음, 섭섭한 마음이 공존하니 쉽게 고맙다는 말이 나오지 않는 걸까.

어쨌든 나의 의견에 그리 오래지 않은 시간 꾸준히 반대하며 남편도 혼자 마음의 준비를 하는 것 같았다. 남들이 가지 않는 길을 간다는 건 진통과 고초가 따르는 법이라는 걸 남편과 나의 의견 조율에 있어서 매번 느낀다.

하지만 정작 남편도 반대는 했었지만, 본인도 어린 시절의 추억을 무시하지는 못한 듯했다. 집 앞 마당에서 뛰어놀던 추억과 마당 한 귀퉁이 헛간에서 함께 키우던 온갖 동물 가족들과 온 동네를 뛰어다니며 놀던 그 어린 시절의 추억이 본인의 발목을 잡은 것이다. 아이들의 유년 시절을 더 행복한 추억으로 채워주고 싶은 부모의 마음은 그도 어쩌지 못하는 부분이겠지. 아이들을 위해서 희생하는 것은 마음 아프지만 부모로서 어쩔 수 없는 부분이라고 생각했다. 하지만 금전적인 부분의 과감한 포기와 현재의 행복을 위해 다른 것을 포기하는 삶의 방법의 동의에는 정말 고마운 마음이 들었다.

삶의 가치를 어디에 둘 것인가에 대한 중요한 선택 지점에서 우리는 같은 곳을 바라봤다. 다시는 돌아오지 않을 소중한 경험과 시간을 돈보다 우위에 두는 선택. 내가 궁극적으로 가고자 하는 삶. 물질에 얽매이지 않는 삶은 그 선택으로부터 방향을 잡았다.

그렇게 그때부터 주택으로 본격적으로 눈을 돌렸다. 우리는 아파트는 사지 않기로 했다.

공간의 힘

우리는 모두 '공간'에 산다. 공간에서 밥 먹고 일하고 공부하고 놀고 잠도 잔다. 그 공간에 대한 마음이 생겨난 건 내가 유별나서가 아니었다. 우리의 삶과 떼려야 뗄 수 없는 것에 대해 조금 더 생각이 많았던 것뿐이었다.

아이를 낳고 키우는 시간은 내가 살고 있는 집에 대해 지독히도 고민 많던 시간이었다. 나의 아이들과 함께 공간이 주는 힘을 느끼며 살고 싶었다.

공간이 나를 움직이고 마음을 지배하는 경험은 누구에게나 있다. 새로운 여행지에 가면 내가 조금 다른 사람으로 바뀌듯, 도서관에 앉으면 책에 집중이 잘 되듯, 카페에 가면 향기와 분위기에 취해 마음이 몽글해지듯, 공간은 우리에게 정말 많은 의미와 동기를 부여한다.

스위스 출신의 세계적인 건축가 페터 춤토르는 그의 책《분위기》에서 "질 높은 건축은 나를 감동하게 한다. 공간에 들어서는 순간 떠오르는 감정이 중요하다"고 했다. 그는 우리를 감동시키는 것들로 "사람들, 공기, 소음, 소리, 색깔, 물질, 질감, 형태" 등을 꼽았다. 이 모든 요소가 "분위기"를 만든다면서.

이 말에 나는 전적으로 공감한다. 내가 오랜 시간 머물게 될 우리의 공간을 상상해보았다. 그곳에서 함께할 사람들과 공간 가득 스며진 공기와 소리와 색깔과 물질의 질감과 형태 모든 것이 어우러져 좋은 영향을 받고 색다른 기운을 느낄 수 있는 곳. 소박하고 작지만 모든 것들이 함께해 분위기를 만들어내는 그런 집이길 바랐다. 많은 요소들로 분위기를 압도하는 그런 집 말이다.

그 집은 분명 우리의 마음을 담고 있을 거라고 생각했다. 우리가 담고 싶은 모든 것이 담겨질 것이라고 기대했다. 생각만으로도 마음이 벅찼다.

그 공간에서 우리가 누릴 시간은 돈으로 환산할 수 없는 것이었다. 값어치로 환산하기에 우리의 삶은 너무도 짧고 우리가 누릴 수 시간은 한정적이기에 그건 충분히 값진 일이라고 생각됐다.

그건 오늘을 막 살고 내일은 없다며 소비만 하는 삶과는 다른 이야기다. 오늘 마음의 풍성함을 느끼고 무엇이든 하고 싶어지는 애정 가득한 하루를 산다면 또 그런 하루하루가 쌓여 우리에게 찾아올 미래도 좀 더 따뜻하고 충만하지 않을까 하는 생각이었다. 경제적인 가치보다 우리의 심리적 안정과 행복을 더 우위에 두는 선택, 그런 삶을 살아보기로 결심한 것이었다.

지금 이곳에서 나는 공간의 힘을 절실하고도 강력하게 느끼며 살고 있다. 내 삶을 돌보게 되었고 좀 더 좋은 삶을 사는 것에 대해 생각하고 실천하게 되었다. 제일 중요한 건 모든 일이 귀찮고 우울하기만 했던 나였다. 그런 나를 무언가를 하고 싶게 만들어주었다는 것이 가장 강력한 것이 아닐까 한다. 애정을 쏟을 수 있는 공간, 그 에너지로 내게도 애정을 쏟는 시간이 기적처럼 내게도 찾아왔다.

Chapter 2.

마당 있는
집을
짓다

구옥을 덜컥 사다

"여보, 드디어 우리 집이 생긴 첫날이네."

긴 하루를 끝내고 잠들기 전, 남편은 내게 말을 건넸다.

"나 거기 가서 잘 살 수 있을까?"

남편 몰래 눈물을 참던 나는 그만 울음이 터지고 말았다. 나는 조금 많이 슬펐다. 과연 나는 그 서글픈 동네에 가서 잘 살 수 있을까. 첫 집이 생긴 기쁨보다 걱정과 슬픔이 더 컸다.

우리의 서글픈 동네는 '도심 속 시골 마을'이라고 부르면 적당할 것 같다. 신도시로 둘러싸여 마치 섬처럼 언덕 위에 우뚝 작은 마을이 형성되어 있다. 서글프다는 말은 곧 낡고 오래되고 변변치 않아 보인다는 말과 같다.

집을 찾아 헤매던 시절, 나는 오랜 시간 서울에 미련을 버리지 못하고 있었지만 조금씩 지쳐가고 있던 것도 사실이었다. 서울에선 너무 많은 집을 보러 다닌 탓에 우리는 '과연 우리가 살 집이 있긴 한 걸까' 하는 의심과 불안으로 너덜너덜해진 마음을 붙잡고 있었다.

그때, 남편은 서울에서 벗어나 외곽으로 눈을 돌렸다.

"우리 이 동네 한번 가볼래? 여기 곧 있으면 주위에 신도시가 들어온다는데 마을 위치가 괜찮은 것 같아. 바로 앞에 큰 도서관이랑 관공서가 다 들어온다고 하네. 가서 집 짓고 살면서 조금 기다리면 살기 괜찮아질 것 같아."

남편의 말이 하나도 귀에 들어오지 않았다. 남편 따라 마지못해 길을 나섰다. 나는 이미 세련되지 않은 동네와 마을을 보며 '여긴 내가 살 곳이 아니야.'라고 단정 짓고 있었다.

이곳 변두리의 첫인상은 별로 좋지 않았던 것이 사실이다. 물론 이곳이 살기 좋지 않은 곳이라는 의미와는 별개다. 오롯이 나의 마음의 문제였던 것이고 서울 아닌 다른 곳에 마음을 내주기 싫었던 철 없던 나의 모습이라고 해야 하겠지.

변두리라는 단어는 온전히 서울과 도시를 기준으로 쓰인 표현이라 내가 좋아하지 않는 단어이지만, 이곳에 어울릴 만한 단어를 찾기가 어렵다. 이곳에 사는 분들이 자신은 변두리에 살고 있지 않다고 이야기하면 사실 할 말도 없다. 이곳은 내가 느끼기에도 우리 마을만 벗어나면 아주 번화하고 북적거리고 번잡한 도시의 모습을 하고 있기 때문이다. 과연 변두리라는 단어가 어울리는 곳인가? 서울의 가장자리라는 이름으로 머물러야 하는 건가? 서울을 지척에 두었다는 이유만으로 모자람 없이 온전하게 이곳만의 무언가가 이루어져 있는 안정된 곳을 설명해주는 단어로 결국 변두리라는 말을 쓸 수밖에 없다면 그 뜻에 삶에 대한 어떠한 부정적 의미도 포함되어 있지 않길 바라는 마음이다.

서울 외곽의 이 도시에는 오래된 전철역을 중심으로 아주 큰 아파트 단지가 형성되어 있었다. 그 주위로 곧 새롭게 들어설 신도시의 계획으로 곳곳에 빈 공터와 공사장이 어수선하게 이어져 있었다. 우리는 촌스러운 그림이 그려진 아파트 사이를 지나 바로 옆 마을로 향했다.

마을 입구로 들어서니 시골 같은 풍경이 펼쳐졌다. 마을 앞 공터에는 농작물이 빼곡한 밭이 펼쳐져 있었고 언덕 위로 100여 채의 집들이 옹기종기 모여 있었다. 40년 전 주택을 지어 분양했던 곳이었다. 마을의 골목길은 여러 개보수 공사 탓으로 누더기옷을 기운 듯한 모양새로 울퉁불퉁, 얼기설기 콘크리트가 짜깁기되어 있었다. 오래된 벽과 대문들은 '이 동네가 정말 오래된 곳이구나'를 알려주었다.

"도시 한가운데에 이런 시골 같은 마을이 있네. 이 동네 분들은 텃밭 농사를 아주 크게 짓고 계시네. 집들 봐. 골목길 좀 봐. 정말 오래된 마을이구나."

우리가 보러 온 집은 마을 입구에서 멀지 않은 곳에 위치해 있었다.

높은 축대 위에 보이는 집은 작고 아담하고 낡아 보였다. 70평 정도의 대지 위에 놓인 20평 단층 주택이었다. 집 안은 유지 보수를 했다고는 하나 그대로는 사용할 수 없는 상태였다. 집 앞마당도 방치된 지 오래되어 잡초가 키만큼 자라있었다.

파란 지붕의 빨간 벽돌집. 우리가 결혼 후 10년 만에 처음으로 구입한 집은 내가 살고 싶지 않은 모습으로 그곳에 서 있었다.

집을 보고 온 지 한참의 시간이 흐르고 집의 존재를 잊었을 때쯤 남편은 내게 다시 이야기를 꺼냈다.

"우리 그 집 계약하자. 괜찮을 것 같아. 우리 형편으로도 집짓기까진 쉽지 않겠지만 해볼 만할 거야."

그렇게 남편은 계약을 위해 혼자서 구옥을 다시 찾았다. 너무 많은 땅을 보러 다니고 지쳤던 탓에 정작 남편 혼자 계약하고 나는 자포자기의 심정으로 남편의 결정에 따랐다.

계약하고 온 날 밤, 남편과 이야기를 나누는데 자꾸 눈물이 났다. 눈물이 그치질 않았다.

"내가 정말 거기서 잘 살 수 있을까. 서글픈 그 동네에 가서 잘 살아갈 수 있을까."

남편은 많은 것을 예상하고 감안하고 내린 결정이었을 것이다. 지금 당장은 볼품없지만 곧 시작될 신도시의 계획들 안에는 집 바로 앞에 큰 도서관, 관공서, 상가 지역 등이 포함되어 있으니 우리가 가진 재정으로는 여기도 괜찮겠다고 말이다. 내가 지금 눈앞의 것에 연연하여 쉽게 내리지 못했던 결정을 남편이 대신해줬다. 조금만 기다리면 계획된 신도시의 인프라를 누리면서 아이들과 내가 생활하기에 불편하지 않을 모양새가 갖춰질 것이고 본인의 출퇴근도 최대치의 거리를 두고 봤을 때 이만한 곳이 없다고 판단했던 것 같다.

남편은 조금 낡고 오래된 모습의 마을도 우리가 살기에 조용하고 아늑하게 느껴진다고 했다. 오래된 시골 마을의 모습은 오히려 더 정감 있고 따뜻한 느낌을 주지 않느냐고. 집에서 5분만 걸어 나오면 도서관과 인프라가 지척에 있게 될 테니 조금만 기다리면 살기 좋아질 거라고 나를 다독였다.

남편의 의견에 따라 마지못해 선택 아닌 선택을 했지만 그 순간이 내 인생의 많은 것들을 바꿔주었다. 지독한 정신적 허기를 아이들에게 뾰족하게 내뿜으며 살던 지난날의 내 모습이 떠오른다. 지금의 난, 바싹하게 말라 있던 영혼이 이곳에서 조금씩 회복되고 있는 느낌이다. 우울하고 싫기만 했던 내가 살고 있는 이곳이 이제 좋아졌다면 또 이곳에서 내 영혼이 회복되고 있다면 그건 관계의 회복에서 온 치유일까, 나의 유폐의 끝에 온 선물일까.

겉모습을 보고 눈물이 났던 서글픈 우리 마을은 이제 내가 정말 사랑하는 곳이 되었다. 낡고 오래되고 변변치 않음은 투박하고 정감 있고 따뜻함과 같은 말이기도 하다는 걸 오랜 시간이 흐른 뒤 알게 됐다.

이곳에서 난 책을 더 좋아하게 되었고 흙을 밟고 살 수 있음에 감사할 줄 아는 사람이 되었다. 이웃과 소통하고 함께 살아감이 얼마나 따스한 일인지, 뜻을 함께하는 이들을 만나는 것이 얼마나 든든한 일인지 알게 됐다. 작은 자연에서 내어주는 풍성함을 느끼고 반려동물들과 함께 호흡하고 살아가는 방법도 조금씩 배웠다.

나는 자연 속 작은 일부일 뿐이라는 것도 깨달았다. 흔적을 남기지 않는, 그 무엇에도 해를 끼치지 않는 삶을 노력하게 되었다. 이 세상에 잠시 다녀가는 여행자의 마인드는 내가 틀 안에 규정짓고 가두어 두었던 모든 것을 새롭게 만들었다. 그래서 그 순간순간을 기억하고 기록하고 싶은 마음도 생겼다.

어디라도 어떤 상황이라도 매 순간 읽고 소유하고 싶게 만들어준, 작은 우리의 집을, 이 마을을 너무도 사랑한다.

이곳 변두리에 작은 집을 지으면서 이 모든 새로운 변화가 시작됐다. 그 작은 집을 짓기 위해 그날 우리는 첫발을 내딛었다. 덜컥 산 볼품없는 구옥은 그렇게 우리의 첫 집이 되었다.

무모한 도전일까?

"여긴 자연녹지지역이라 지금 집 지으면 건폐율이 20%밖에 안 나와요. 조금만 기다리면 토지 용도가 바뀔 거예요. 아마 곧 변경 될걸요. 기다려 봐요."

집을 계약하기 전부터 부동산에서 들었던 이야기였다. 동네 분들도 모두 하나같이 똑같은 말씀을 하셨다. 낡고 오래된 집을 조금씩 고치며 살고 있는 이유이기도 했다. 조금만 기다리면 조금 더 크게 지을 수 있으니 모두들 새로 집을 짓고 싶은 마음은 있지만 일단은 기다리는 중이라고 말씀하셨다.

모든 사정을 알고 나니, 우리는 덥석 집 짓는 일을 진행할 수 없었다.

"저분들 말대로 조금만 기다리면 된다고 하니까, 우리도 조금 여유를 갖고 기다려 보자. 20%면 정말 너무 작잖아. 빨리 변경되면 좋겠다."

언제 끝날지 모르는 막연한 기다림이 시작됐다. 그리고 우린 서울 변두리 외곽으로 네 번째 이사를 했다. 나중에 집을 짓고 새집으로 이사를 오게 되더라도 아이가 학교를 전학하지 않아도 되는 곳에 집을 구했다. 구옥이 있는 마을과 조금 떨어져 있지만 학군은 같은 곳에 위치한 새 아파트의 전셋집이었다.

기약 없는 기다림이었다. 우리는 구옥과 전셋집 아파트를 오가며 어떤 집을 짓고 살게 될까 상상하며 시간을 보냈다. 구옥의 마당에 우거진 잡초를 제거하고 작은 텃밭을 가꿨다. 흙을 밟고 마당놀이를 맛봤다.

시청 건축과에 두세 번 찾아가기도 했지만, 돌아오는 대답은 늘 같았다.

"언제쯤 변경될까요?"

"업무담당자가 바뀌고 제가 인수인계 자료를 받아서 살펴보고 있습니다. 지금 이 안건은 도의회에 올라가 있는 상태예요. 조금만 기다려주세요."

달라지는 건 없었다. 계속된 기다림과 애타는 마음과는 달리 일이 진행되는 속도는 너무 더뎠다. 마음이 급한 사람은 우리뿐이었다.

6개월이 지나고 1년 가까운 시간이 흘렀다. 아이들은 계속 커가고 있는데 계획 없는 막연한 기다림은 너무 답답했다. 아이들이 조금이라도 어릴 때 마당 있는 집에 살게 해주고 싶은 마음으로 여기까지 왔는데 우리의 계획은 커다란 벽에 가로막혀 하루하루 아까운 시간만 흘러가고 있었다.

지금의 상태로 신축을 한다면 12평 남짓한 공간이 우리에게 주어질 터였다. 1평의 크기도 쉽게 가늠할 수 없던 우리는 정말 막막했다. 줄자를 들고 1평의 크기를 바닥에 그렸다. 가로, 세로의 길이가 1.8미터의 정사각형이 열 개가 있는 상상의 그림을 바닥에 수도 없이 그려봤다. 열 배의 크기는 어렴풋이 짐작만 할 수 있을 뿐 머릿속에 쉽게 그려지지 않았다. 그동안 작은 집을 보지 못했던 것도 큰 이유였다. 크고 넓은 집만 상상하고 보아왔을 뿐 작고 좁은 집은 우리의 계획에 없었던 것이다. 정말 우리 네 식구 살 수 있을까. 가능한 크기일까. 가늠도 되지 않는 크기의 작은 집은 시작하기도 전에 우리에게 막막함과 어려움을 던져주었다.

그렇게 우리는 40년 된 마을에서 처음으로 신축 건축주가 되기로 했다. 쉽지 않은 결정이었다. 그동안 리모델링한 집만 한두 집 있었을 뿐 기존의 집을 완전히 허물고 새집을 짓는 건 우리가 처음이었다.

동네 어르신들의 우려 섞인 조언들이 따라왔다. 조금만 더 기다리면 되는데 섣불리 왜 일을 시작하느냐는 반응이 대부분이었다.

우리는 두려웠다. 맞는 결정을 한 것인지에 대한 확신이 없었다. 아파트를 거부하고 주택을 찾아왔던 우리의 선택은 또다시 우리만의 기준으로 새로운 결정을 해야 할 기로에 서 있었다. 그래도 추진할 수밖에 없는 간절한 이유도 함께였으니 무모한 도전은 용기 있는 도전이기도 하다고 서로를 다독이며 위로했다.

아파트를 거부하고 주택을 찾아 이곳으로 왔을 때처럼 이번에도 외롭지만 용기 있는 결단이 필요했다. 모두가 옳다고 하는 세상의 기준에서 우리는 또 한 번 벗어났다. 우리에겐 너무도 간절한 우리만의 기준이 우리 선택의 유일한 좌표였다.

결론은 작고 높은 집이었다. 우리만의 길을 찾는 외로운 여정이 시작됐다. 남편과 나는 많은 대화를 나눴다. 우리가 원하는 집의 모습을 이야기 나누고 그림을 그렸다. 좋아하는 취향을 찾아가는 과정은 어렵지만 신났다.

두려움의 크기만큼 설렘도 함께한 시간이었다. 짓고 싶은 집, 살고 싶은 집에 관한 많은 생각들이 본격적으로 시작됐다.

측량

　오래된 주택들이 빼곡한 우리 동네엔 서로의 집의 경계가 불분명한 곳이 많다. 이 말은 옆집과 담으로 구분되어진 경계는 실제 측량 결과와 다른 경우가 많다는 이야기다. 이곳은 오래된 동네라 그런 일이 아주 많을 거라고 설계를 진행하면서 건축사를 통해서 들은 내용이었다. 혹시나 우리 집의 경계도 남의 집 담을 넘어가 있으면 어쩌나, 남의 집 경계가 우리 집 안으로 들어와 있으면 어쩌나 싶어서 걱정이 많았다.

　우리 마을처럼 40년이 넘은 오래된 주택단지에서는 비일비재한 상황이 지금의 타운 하우스나 택지를 개발해서 분양하는 곳에서는 있을 수 없는 일이다. 한 평이 아깝고 한 뼘이 아쉬운 땅의 경계는 오래된 동네의 주택에 살고자 하는 이의 첫 번째 예민도와 민감도로 자리한다.

우리도 설계를 끝내고 측량을 바로 신청했다. 구옥이 자리 잡고 있는 땅 위에 이리저리 선이 그어지고 빨간 말뚝이 박혔다. '이제 정말 뭔가가 시작되는구나'라는 설레는 느낌과 함께 담으로 둘러 싸인 땅 위에 우리가 계획한 설계도면이 잘 안착할 수 있을까 걱정되는 마음도 함께였다.

결과는 아뿔싸! 역시나 우리의 기대를 저버리지 않았다. 오래된 동네는 우리의 예민함을 한층 더 끌어올릴 수밖에 없는 환경이었던 것이다. 측량 후 락커와 말뚝으로 표시된 우리의 땅은 옆의 양쪽 두 집의 담을 넘어서 그어져 있었고, 반대로 앞의 옹벽 쪽의 축대 위 담장은 반 정도가 한참이나 담장 안쪽으로 선이 그어져 남의 땅 경계를 한참이나 넘어가서 축대와 담이 세워져 있는 상태였다.

건축사분들에게 소식을 전했다.

"그나마 다행이에요. 혹시나 건축주님 땅의 경계가 많이 넘어가 있지 않을까 했었는데."

"네. 걱정했었는데 다행이긴 하네요."

"집을 짓는 데는 크게 영향을 미치지 않는 정도이니 걱정하지 않으셔도 될 것 같아요."

"축대 쪽 담장 안쪽으로 남의 땅이 한가득 들어와 있어요. 이걸 어쩌죠."

다행이기도 하고 이걸 어쩌나 싶기도 했다. 축대가 위치한 옹벽 위의 담장은 40년의 세월을 품고 거의 허물어져 가는 상태로 위태롭게 서 있었다. 우리 집 마당을 둘러싸고 있는 담장의 반쪽은 우리 땅의 경계, 담장의 나머지 반쪽은 한 평 정도를 차지하고 남의 땅 위에 세워져 있었기에 오래된 담을 허물고 새로 세우는 것부터 애매해지기 시작했다.

축대 쪽 땅 주인에게 연락을 취했다.

"저희 집 쪽으로 넘어와 있는 땅을 저희가 매수했으면 합니다."

"됐어요! 내가 거기 땅이 그런 줄 다 알고 산 사람이야! 내가 상태를 다 알고 있다고! 안 팔아요! 안 팔아!"

돌아온 대답은 무서웠다.

'왜 저리 화를 내시는 거지. 우리가 무슨 잘못을 한 건가.'

사실 알고 보니 땅의 경계는 우리 집만 잘못되어 있는 상태가 아니었다. 우리 옆집, 우리 옆집의 옆집까지 세 집이나 그 할머니의 땅이 축대 위 담장으로 넘어와 있었던 것이다. 우리 집을 시작으로 직선으로 그어진 경계로 세 집 모두 원래 본인의 땅보다 아주 조금 더 넓은 마당을 사용하고 있는 중이었다.

옹벽과 축대를 건드리지도 못하고 나의 땅을 다른 이가 사용하고 있는 것도 화나고 그렇다고 팔기는 싫고 소리만 지르시는 할머니의 의중을 우리는 모두 다 파악하기는 어려웠지만 아마 이 정도의 이유 때문이 아닐까 예상만 했다.

그렇게 어리둥절한 상황은 지속됐고 어정쩡한 상태의 담장은 반만 새로 단장한 채 지금도 세워져 있다. 어찌나 우리 집 담장에 예의 주시하시는지 팔기도 싫다 하시고 우리는 건드리지도 못하는 상황이고 아직도 어쩌지를 못하겠다.

집을 짓는 동안도 우리가 본인의 땅 위를 넘어 무언가를 하지 않을까 내내 걱정하시는 듯했다. 결국 측량 기사를 직접 불러서 할머니 본인의 땅의 경계를 다시 확인하고 우리 집 건물이 본인의 땅과는 전혀 관계가 없음을 확인하는 절차까지 마쳤다.

주택에 살면 이웃을 잘 만나야 한다던데 우리가 과연 잘 살 수 있을까 한없이 예민해지던 시간이었다. 다행히 얼굴 맞대고 사는 이웃 주민은 아니니 다행이라고 생각했다. 빈 공터 나대지에 나무만 몇 그루 심어놓으시고 가끔씩 다녀가시곤 했다.

땅의 경계가 오락가락한 이 동네는 서로의 땅을 밟고 서로에게 본인의 땅을 조금씩 내어주면서 산다. 모두들 그러려니 서로를 인정한 채 살아가는 것이다.

피해 주지 않고 피해받는 것도 싫어하던 지극히도 이기적인 나는 조금씩 마음을 누그러뜨리고 서로의 경계를 넘나들며 예전보다 조금은 덜 예민한 사람으로 조금씩 나아간다. 사람 냄새나는 삶을 살아간다. 그렇게 조금씩 어른이 되어가는 중이다.

설계도면

　구옥을 계약하고 기다림의 시간을 보낸 후, 결국 이제는 무언가를 시작해야겠다는 다짐을 하기까지 1년여의 시간이 흘렀다. 막상 결심은 했지만 구옥을 고쳐서 살면 좋을지, 새로 신축을 하면 좋을지는 여러 가지 방법을 두고 고민하는 상태였다. 비용과 단축될 시간을 생각하면 뼈대만 남기고 고치는 게 낫겠지만, 집에 오롯이 내 취향과 이야기를 담고 싶은 욕심에 내 마음은 신축을 향해 달려가고 있었다.

　리모델링은 기존의 집의 크기를 유지할 수 있다는 장점이 있었다. 기존의 구옥은 지금의 토지 용도의 기준과는 다르게 조금 더 크게 지어져 있는 상태였다. 리모델링으로 2층까지도 증축할 수 있다고 하니 네 식구 살기에 괜찮을 것도 같았다.

　현재의 상태로 신축을 하게 되면 용적률은 20%로 기존의 집보다

크기가 줄어들고 골목으로 향한 상당 부분의 땅을 도로로 기부체
납해야 하는 조건이 따라왔다. 땅도 좁고 집도 작게 지을 수밖에
없는데 도로를 위해 땅까지 내주어야 한다니 억울한 마음이 들었
지만 신축을 한다면 어쩔 수 없이 감내해야 하는 조건이었다.

우리는 신축으로 대충의 가닥을 잡은 후, 일단 건축사 사무소를
찾기로 했다. 아는 정보가 너무 없으니 눈앞이 캄캄하고 막막했다.
주위에 건축에 관한 전문가가 단 한 명도 없었다. 그동안의 우리
삶과는 너무 동떨어진 분야라 어디서부터 어떻게 시작해야 할지
감조차 없었던 것이다. 지인에게 물어물어 아는 건축사를 소개받
아 보기도 했고, 인터넷과 책으로 새로 지은 집들을 구경하며 어디
에 누가 지은 건지 살펴봤다. 몇몇 집을 찾아내긴 했지만 쉽지 않
았다. 그나마 조금이라도 나의 취향에 맞는 집들을 찾아내고 선별
하는 작업을 시작했다.

'물어볼 곳도 상담할 곳도 없이 맨땅에 헤딩하는 기분이 이런 거
구나.'

계속해서 무작정 인터넷을 뒤졌다. 최근에 새로 지은 집들을 소
개하는 페이지에서 건축사를 매의 눈으로 살폈다.

남편과 상의 후 몇 개의 건축사사무소 중 일단 하나로 결정을 내
렸다. 대전에 지어진 집을 보고 난 후였는데 아이들을 키우는 젊은
부부의 협소주택이었다. 심플하고 군더더기 없는 결과물에 조금
후한 점수를 줬던 것 같다. 건축사 사무실이 남편 직장과 가까운

곳에 위치해 있다는 사실도 크게 작용했다. 잦은 미팅을 해야 하니 좀 더 접근이 편리한 곳에 있었으면 했다.

상담을 예약했다. 차분하고 정적인 남녀 두 분의 설계사가 공동으로 운영하는 작은 사무실에서 우리는 처음 만났다.

"어떤 집을 짓고 싶으신가요? 이 집에서 어떤 기대가 충족되길 바라시나요?"

"아이들이 마음껏 자유로운 생각을 펼칠 수 있는 공간이면 좋겠어요."

아이들이 꿈을 펼칠 수 있는 공간, 사생활을 보장할 수 있는 공간, 작지만 크게 사용할 수 있는 공간이길 원했다. 집에 관한 두루뭉술한 생각과 이야기들을 나눴다. 우리의 바람과 요구사항에 관한 내용을 질문과 대답을 주고받으며 조금씩 이야기해 나갔다.

우리는 대화 끝에 리모델링보다는 신축이 낫겠다는 결론을 내렸다. 건축사분들의 적극적인 추천이 있었다. 사실 그보다는 우리의 마음을 지지해줄 누군가를 찾았다는 기쁨에 빠른 결정을 내린 건지도 모르겠다. 이후 땅의 위치와 모양과 정보를 공유하고 집에 관해 조금 더 상세한 이야기들을 나눴다.

그러고 나서 계약을 당일에 해버렸다. 더 이상의 고민과 지체는 우리를 힘들게 할 뿐이라는 생각이 컸다. 다른 곳에 가서 상담받고 비교해보는 것도 좋았겠지만 우리는 건축에 대해 잘 아는 것이 없었고 우리의 감을 믿어보기로 했다. 크게 특색 있지는 않지만 나쁠

것 없어 보이는 그곳에서 우리는 미래를 함께해보기로 결정한 것이다. 우리의 선택은 과연 괜찮은 것일까 고민과 생각은 멈추지 않았지만, 우리의 이야기를 잘 풀어놓을 수만 있다면 생각보다 어렵지는 않을 것이라고 스스로를 위로하며 계약의 과정을 진행해 나갔다.

계약서에 빼곡한 글씨들을 보니 순간 두려움이 엄습했다. 상담 전 인터넷으로 여러 자료를 찾아보고 책도 여러 권 읽고 공부한다고는 했지만, 우리는 너무도 무지한 약자의 입장이었기에 조심스러운 마음과 걱정스러운 생각들이 머릿속을 떠나지 않았다. 계약서의 설계 감리에 관한 내용을 꼼꼼히, 하지만 너무도 어설프게 살피고는 찜찜하지만 설레는 마음으로 계약서에 도장을 찍었다.

우리의 마음을 안심시켜준 건 건축사 사무소에 전시되어 있는 심플하고 세련되어 보이는 건물 입체 조감도들이었다.

'언젠가는 우리의 집도 저곳에 놓이겠지.'

기대와 함께 우리의 상상력은 더 크게 부풀었다.

"일단 다음 상담은 건축주들께서 지금 살고 있는 집에서 하면 좋겠습니다. 건축주님들의 취향을 파악하고 가구나 여러 가지 모습들을 살펴보면 도움이 될 것 같아요. 그리고 좋아하는 사진과 이미지가 있으면 모두 보내주세요."

설계사분들은 우리가 지금 살고 있는 모습을 궁금해했다. 우리의 삶을 담아내는 과정의 시작이라는 걸 느낄 수 있는 작업이었다.

여느 집과 다를 것 없는 아파트의 삶이었지만 자연스러운 생활의 모습을 보여드렸다. 그날 우리는 넷이서 식탁에 앉아 집에 관한 이야기를 아주 많이 나누었다. 우리가 원하는 모습들을 조금씩 함께 이야기해 나갔다.

사실 처음엔 우리가 원하는 내용을 어느 정도까지 이야기해야 할지 몰라 망설이는 시간이 있었다. 생각보다 나의 취향을 알아가는 과정은 쉽지 않았고 끊임없는 상상의 그림을 머릿속에 그려내야 했기 때문이다. 그리고 우리에게 주어진 공간에 전문가의 시선으로 만들어 본 최상의 설계가 어떤 것인지 궁금한 마음도 컸다.

"12평 남짓한 작은 공간에서 과연 생활이 가능할까요? 잘 가늠이 안 돼요. 얼마만큼 작을지 말이에요. 작은 공간에 구획을 나누자면 세 층은 필요할 것 같아요.

지하를 파는 건 어떨까요? 썬큰 가든을 만들면 옆집에 사생활 노출도 신경이 덜 쓰일 것 같고요. 지하를 주 생활공간으로 하면 좋겠어요. 동선을 생각하면 외출 후 1층 현관으로 들어와 드레스룸과 욕실을 바로 사용할 수 있으면 편할 것 같아요."

"적벽돌로 외장을 마무리하고 싶어요. 박공지붕에 초록색을 입히면 괜찮을까요?"

사실 처음엔 집의 크기부터 가늠되지 않았다. 우리가 사용할 수 있는 공간의 크기와 모양은 우리가 이전에 한 번도 경험하지 못한 것이었기 때문이다. 12평이라는 공간에서 과연 우리는 어떻게 살아갈 수 있을까를 수도 없이 고민했다. 부지런히 책도 찾아보고 사진도 검색했다. 그렇게 길고 좁은 형태의 모양의 전체적인 외관을 선택하게 된 것이었다.

12평이라는 상상이 안 되는 크기의 공간도, 지하를 파는 우리의 과감한 계획도, 설계사분들은 모두 괜찮다고 이야기해 주었다. 우리 자신보다 치열한 고민을 한 사람은 없겠지만, 우리의 결정과 의견에 지지를 보내주고 동의를 해주는 이가 있다는 것이 참 큰 힘이 됐다.

네 식구가 살아갈 열 평 남짓한 공간은 우리의 상상 밖의 형태였지만, 그래도 우리는 용기 있게 진행해 보기로 결정했다. 이후 처음으로 우리에게 제시된 설계도는 땅 위에 세로로 놓인 길쭉한 사각형의 모양을 하고 지하를 품고 있었다. 지하를 파는 건 독립적인 사생활을 중요하게 여기는 나의 성향을 존중해 남편이 강력하게 요구했던 사항이었다. 대신 지하에 썬큰을 만들어 독립적이고 밝은 공간을 유지할 수 있길 원했다. 땅 위의 작고 좁은 길쭉한 사각형은 2층의 모습을 하고 있었는데, 외출 후 돌아오면 1층에서 바로 옷을 정리하고 씻고 세탁까지 할 수 있는 동선이었다. 지하와 1층의 각각의 마당에서 아이들은 계단을 오가며 지낼 수 있고, 2층엔 각자의 방들이 놓이는 형태였다.

그리고 직사각형 모양의 집 안에 아주 큰 부분에 계단을 두는 형식이었다. 딱 봐도 집에서 계단의 모양과 크기가 아주 큰 비중을 차지하는 그림이었다. 정사각형 모양으로 나선형 계단이 이어지는 형태는 집은 작지만 예술적인 면에 크게 비중을 두고 디자인된 전문가의 계획이었다. 나선형의 아래가 모두 내려다보이는 형태는 미적으로 아름다울 수 있겠지만 우리는 아이들이 어렸고 아래가 훤히 보이는 뻥 뚫린 형태의 계단은 위험하게 느껴졌다. 계단이 안전해야 했기에 그리고 협소한 공간에 계단의 비중이 너무 컸기에 그 도면은 거절할 수밖에 없었다. 좁은 공간에 비해 너무 큰 비중을 차지하는 계단은 우리가 소화하기엔 부담감이 컸고 우리가 원하는 그림이 아니었다.

조금 더 구체적인 이야기가 오고 갔다. 작고 소소한 질문도, 크고 중요한 질문도, 우리는 구분 없이 하게 됐다. 좀 더 우리의 생각과 뜻이 담겼으면 하는 바람에서 더 많은 이야기를 해야 한다고 생각했기 때문이다.

그 사이 설계사무소에서는 회의가 계속 진행 중이었고 전문가의 시선과 안목에서 가장 최적의 것을 찾아가는 과정이 계속되었다. 다시 새로 시작된 설계는 조금 더 우리의 취향이 반영된, 그래서 조금은 평범한 그런 형태가 되었다. 길쭉한 벽면으로 계단을 붙이고 계단 아래쪽의 공간에 화장실과 창고를 두는 형태로 길게 아일랜드 식탁을 두고 싱크대와 일렬로 이어지는 형태의 공간이 그려지게 되었다. 길쭉한 형태의 모양은 일반적이지 않은 형태여서 좋았고 가정집이지만 집 같지 않은 모양이어서 좋았다. 카페의 모양과 흡사한 형태를 머릿속에 그렸고 그것들을 조금씩 실행시켜 나갔다.

그렇게 모형 조감도가 완성되고 처음으로 마주한 입체적인 우리 집의 모습은 정말 신기했다. 가상의 모습이지만 막상 우리 집이라고 생각한 모습을 마주하니 정말 꿈만 같았다. 작고 아담한 공간에 수많은 이야기가 담기겠지. 그날의 기억이 아직도 생생하다. 정말 우리 집이 될 수 있을까. 우리가 정말 이렇게 생긴 집에서 살게 되는 걸까. 그렇게 흥분되고 설레던 그 순간이 아직 선명한 추억으로 남아 있다.

세련되고 차분했던 두 분의 설계사는 우리 집을 어떻게 평가하고 있을까. 자신들의 작품에 얼마의 점수를 주었을까 궁금하다. 지금 돌이켜 생각해보면 선뜻 결정한 그곳은 과연 우리 집과 잘 맞는 곳이었나 하는 생각도 든다. 다른 곳과 비교도 해보지 않은 채 너무 성급한 결정을 내린 것은 아닌가 하는 생각도 없지 않아 있지만, 그곳에서 우리의 첫 집을 지었고 지금의 결과물을 만들게 되었고 시행착오를 통해 배운 점도 많았고 지금의 삶에 만족하고 있으니 감사한 마음이 더 크다.

아이들과 손을 잡고 설계사무소에서 나와 강남의 골목길을 걸었던 여름날이 생각난다. 마음을 졸이고 나의 취향을 찾아가는 일은 분명 쉽지는 않았지만 지금 돌이켜보니 그때가 나를 찾아가는 첫 걸음이 아니었던가 싶다. 내가 좋아하는 것들을 조심스럽게 세상에 꺼내게 된 그 시간은 우리가 살아가는 데 아주 좋은 씨앗이 되어주었다. 기대와 설렘으로 가득했던 그때, 정말 꿈으로만 꾸던 상상의 그 공간이 조금씩 현실로 다가오는 것 같아 아이들과 함께 마음 부푼 나날들이었다.

"지하를 파는 데만
1억 5천이 더 든다고요?"

　설계도면이 완성되고 이제는 시공사를 선정해야 했다. 건축사 분들이 추천해준 한 곳과 우리가 검색해서 알아본 두 곳까지 총 세 곳의 시공사에 견적을 요청했다. 과연 우리의 예상과 비슷한 금액이 나올까 걱정하며 마음 졸이고 긴장된 시간이었다. 집짓기를 위한 모든 예산이 들어 있는 내역서를 가진 시공사들과의 미팅이 시작됐다. 아무것도 아는 것 없이 그들이 설명해주는 내용을 들으며 조금씩 배우고 이해해갔다. 큰 배움의 시간이었다.

　"옹벽을 제거하고 지하를 만드는 작업이 쉽지는 않지만, 해볼 만은 합니다. 다만 비용이 많이 추가될 거예요. 지하로 땅을 파고 토목공사 하는 것에 1억에서 1억 5천만 원 정도가 더 추가된다고 보시면 됩니다."

대충의 견적만 제시한 곳도 꼼꼼하게 세부 내역까지 제시한 곳도 모두 비슷한 결과였다. 우리는 지하를 만들어 2층 집을 짓는 것과 지하 없이 3층 집을 높이 올리는 것의 두 가지 건축을 비교했을 때 크게 비용 차이가 없을 거라던 건축사분들의 말만 믿고 지하에 썬큰을 만드는 도면을 계획한 거였는데 당황스러운 상황이 벌어지고 만 것이다. 예산에 대한 소통이 부족해서였을까? 감당하기에는 부담스러운 금액이 제시된 시공 내역서를 받아들고 좌절할 수밖에 없었다.

과감한 결단이 필요했다. 계속 추진하는 건 불가능하겠다는 결론을 내렸다. 지하를 만드는 작업을 없애는 것으로 다시 도면이 필요하겠다고 설계사분들께 말씀드렸다. 눈물 나게 쓰라린 기억이다. 너무도 애쓰고 고민하고 마음 담아온 과정이었기에 포기도 결단도 쉽지 않았다. 하지만 그렇다고 다른 방법도 없었다.

추가된 설계 비용을 지불하고 다시 원점으로 돌아갔다. 지하를 없애고 집의 방향을 가로 방향으로 바꾸었다. 그리고 내내 마음에 걸렸던 콘크리트 구조가 아닌 목구조를 선택했다. 조금 더 건강한 삶을 위한 첫걸음을 시작하고자 내린 결정이었다. 목조주택의 시도는 건축사분들도 처음인 듯했다. 우리의 요구로 처음 시도의 의미로 받아들이시는 듯했다.

3층 목조주택을 향한 쉽지 않은 방법들이 진행되어갔다. 3층 이상의 건물이 목구조로 지어지는 일은 흔한 방법이 아니었다. 목조

주택 민간 감리제도인 5스타 품질인증제도도 신청했다. 튼튼하고 잘 지어진 집을 위한 투자였다.

더 이상 지체할 시간이 없었다. 늦어진 시간만큼 마음이 조급했고 한 번 이미 선택했던 과정을 다시 반복하는 것이니 일이 빨리 진행되는 면도 없지 않았다.

그렇게 지하가 없는 새로운 도면은 정말 빠르게 완성됐다. 처음의 도면보다는 분명 대충 그려진 것이 맞다. 한 번 어그러져 실망감이 컸던 우리의 마음도 그랬고 바쁘게 돌아가는 설계사무소의 스케줄로 우리의 집은 메인이 될 수 없었다. 하지만 주어진 상황에서 최선을 다하려고 노력했다. 한 번 그려지면 이제 다시는 되돌릴 수 없는 중요한 문제였다. 이제는 정말 마지막이라는 생각이었다.

결국 집의 모양은 우리가 피하고 싶었던 모습이 되었다. 땅 위로 우뚝 솟은 작고 좁고 높은 집. 지하를 팔 수가 없으니 땅 위로 작고 높고 좁은 집의 모습이 오롯이 드러날 수밖에 없었다. 작은 땅, 작은 집, 높은 집이었다.

"옹벽 위 3층 높이로 우뚝 솟은 모습이 마을의 모습과 잘 어울릴까? 10평 남짓한 공간에서 우리 네 사람의 생활이 가능할까? 3~4층 계단을 오르락내리락하며 생활하는 데 불편하지 않을까?"

머릿속이 다시 복잡해졌다. 1층을 거실과 주방인 메인 공간으로 꾸미고 2층은 침실과 드레스룸, 3층과 다락은 아이들의 방으로 꾸밀 계획으로 조금은 단순한 그림을 그려나갔다. 계단을 벽 한쪽으로 붙이고 계단 밑의 공간을 화장실과 수납 공간으로 계획했다. 공간이 좁았기에 수납의 공간을 최대한 만들려고 노력했다.

화장실은 각 층마다 하나씩 있어야 할 것 같았다. 애초에 1, 2층에만 두려던 화장실을 3층에도 추가했다. 집이 좁으니 천장을 높여 답답한 느낌을 보완하자는 남편의 제안에 1층과 3층의 천장을 4미터로 계획했다. 층고가 높아지니 집의 높이도 더 높아졌다.

마당을 바라보는 1층의 모든 문은 폴딩 도어로 계획했다. 문을 열면 마당의 공간과 하나가 되는 느낌을 상상했다. 작은 공간을 좁지 않은 느낌으로 조금이나마 타협할 수 있는 방법들이었다.

증축을 대비해 1층과 2층에 벽을 대신한 출입문도 달았다. 토지 용도가 변경되면 증축할 계획을 도면에 미리 포함시켰다.

각 방의 창문을 크게 달고 창밖의 풍경을 마음껏 품을 수 있길 바랐다. 흘러가는 구름을 마주하고 초록의 나무들을 담아내고 싶었다. 천창으로 밤의 별을 볼 수 있길 기대하며 3층의 각 방의 박공지붕에는 천창도 달았다.

이웃집과의 거리가 좁고 우리 집이 높으니 서로의 사생활 보호 개념에서 골목과 인접한 외벽 한쪽 면 전체를 벽돌로 영롱 쌓기를 하자고 남편이 제안했다. 다만 밝은 채광을 위해 전면에 통 창을 달고 그 외벽에 벽돌로 영롱 쌓기를 하면 좋을 것 같다는 제안이었다. 빛을 최대한 받아들이는 대신 노출과 방해는 최소화할 수 있는 방법이었다. 우리 집 이후로 설계사무소의 집들에 영롱 쌓기 한 집들이 눈에 많이 띄었다. 영롱 쌓기는 외관상으로도 멋지고 채광도 포기하지 않을 수 있으면서 이웃 간의 불편함은 최소화할 수 있다는 장점이 충분한 매력적인 시공법이었다.

우리의 계획은 속도를 냈다. 다시 시공사의 견적을 받아들고 고민의 시간을 거쳤다. 높지도 낮지도 않은 적정한 금액을 제시한 시공사와 계약했다. 하자에 관한 조항에 더 집중해서 작성했다.

이제 종이 위의 그림들이 눈앞에 현실로 펼쳐지는 일만 남아 있었다.

적벽돌에 반하다

〈테라로사〉라는 카페가 있다. 빨간 벽돌로 외벽을 두른 멋지고도 분위기 있는 공간이다. 전국 곳곳에 위치해 있지만 안 가본 곳이 없을 정도다. 그만큼 내가 애정하는 장소 중 하나다. 커피를 입에도 대지 않던 내가 그곳을 애정하는 가장 큰 이유가 적벽돌 때문이라고 이야기한다면 좀 이상하게 들리려나. 커피 향기와 내부의 인테리어도 너무 멋져 이루 말할 것 없지만 난 건물 외벽의 빨간 벽돌이 너무 좋았다. 오래된 빨강과 시멘트의 회색, 울퉁불퉁한 질감의 매지의 조합은 묘한 분위기를 만들어 내고 그곳에 서 있는 것만으로도 난 늘 그 분위기에 압도됐다.

'나중에 난 빨간 벽돌집을 짓고 싶어!!'

집을 짓기로 결정했을 때, 이제 나의 오래된 바람이던 빨간 벽돌집을 실현할 수 있는 날이 오는 건가 싶었다. 나와 남편은 집을 짓겠다는 마음이 들었을 무렵부터 꽤 오랜 시간 이곳저곳 적벽돌을 찾아다녔다. 건축박람회장, 벽돌 가게, 인터넷을 뒤졌다. 빨간 벽돌로 지어진 건물이 있으면 유심히 살펴보고 일부러 그런 건물을 찾아다니기도 했다.

지금 시중에 나와 있는 우리나라에서 만든 빨간 벽돌은 깨끗하고 네모반듯하고 깔끔한 형태였다. 난 좀 더 자연스러운 느낌이 좋았는데 고벽돌이 아니면 그런 분위기를 만들어 내기가 어려웠다. 고벽돌은 대부분이 중국산이거나 외국에서 들여온 것들이었다. 색깔이 붉지도 않았다. 내가 원하는 벽돌은 단단하고 빨갛고 빈티지 느낌이 나는 벽돌이었는데 쉽게 구해지지 않았다.

집을 짓기 시작했을 무렵, 강릉 여행을 갔을 때 테라로사를 또 찾았다. 카페 주변 공터를 기웃거리는데 그곳 한쪽 구석에 벽돌이 쌓아진 팔레트가 몇 개 놓여 있었다. 새롭게 커피 공장을 짓는다고 자재를 쌓아놓은 것이었다. 그 벽돌은 내가 반했던 테라로사 외벽의 그 벽돌이었다. 벽돌 위로 덮인 비닐 사이로 벽돌 공장의 이름이 적힌 종이가 보였는데 우린 환호성을 질렀다. 그렇게 찾고 찾던 벽돌을 만드는 공장이라니!

그곳에 계신 공사 소장님을 찾았다. 벽돌을 구할 수 있을까 싶어서. 돌아온 대답은 아주 놀라웠다. 그 벽돌은 30년도 전에 테라로사 사장님이 직접 사놓으신 거란다. 벽돌 공장이 망하고 이제 그 번호는 존재하지 않는 곳이라는 이야기도 덧붙이셨다. 벽돌 공장이 망했던 그 시절 그 공장에 남아 있던 벽돌을 테라로사 사장님이 모두 사놓으신 거라나. 정말 놀라웠다. 그 시절 새것이었던 그 단단하고 네모반듯하고 빨갛던 벽돌은 30년이 넘는 시간이 지나면서 고벽돌과 같은 분위기를 내게 된 거였다. 아무나 따라 만들 수 없는 세월을 품고 있었다.

'내가 그 벽돌의 기운에 압도되었던 이유는 누적된 세월과 품고 있는 시간 때문이었구나' 하는 생각이 들었다. 그건 조잡한 기술로도 많은 돈으로도 살 수 없는 것들이었다.

우리는 테라로사 외벽의 느낌이 나는 고벽돌은 포기해야 했다. 우리나라 고벽돌이라고 이름 붙여서 시중에 나와 있는 고벽돌은 우리가 생각하는 세월을 품은 느낌이 나지 않아서 과감히 포기했다. 이후 우리 마음에 쏙 드는 물건은 찾기 힘들었지만 외국에서 들여온 벽돌 중 몇 개의 선택지 중에서 그나마 괜찮은 것으로 결정하게 되었다.

지금 우리 집 외벽에는 분위기 있는 고벽돌이 조적되어 있다. 집으로 들어오는 현관과 담에, 그리고 테라스 바닥도 모두 같은 벽돌로 깔았다. 붉은 고벽돌은 우리 집 분위기를 좀 더 따뜻하고 멋지게 돋우어 주는 것 같다. 티크고재의 브라운과 나무의 초록이 더해져 붉은색은 더 빛난다.

사실 우리가 원하던 고벽돌은 가까이에도 있었다. 바로 우리가 샀던 옛날 구옥의 외장재로 사용되었던 벽돌들이다. 우리는 구옥을 철거하던 날, 벽돌이 너무 아까워서 상태가 괜찮은 꽤 많은 양의 것들을 가져다 임시로 살고 있던 월세 집 마당에 쌓아두었었다. 매일 저녁 퇴근하고 집에 돌아온 남편은 벽돌에 붙은 시멘트도 떼어 내고 벽돌을 깨끗하게 정리하는 작업을 했었다. 그 벽돌들을 그대로 가져와서 지금 우리 집 마당의 바닥으로 깔았다. 아쉬운 양이지만 한쪽 귀퉁이에서 40년 넘는 오래된 세월을 품은 채 우리 집의 역사와 함께하고 있다.

세월을 품은 아이들은 새것처럼 반짝이지는 않지만 은은한 빛이 난다. 시간을 품은 모든 것은 진지하고 귀하다. 사람도 물건도 그렇지 않을까. 나도 나이를 먹으면서 조금씩 더 은은한 빛이 나는 사람이 되고 싶다. 오래된 것들에 더 마음을 쓰는 사람이고 싶다. 우리 동네처럼, 고벽돌처럼, 나의 부모님처럼. 나이 든 모든 것들에 존경하는 마음을 갖고 살고 싶다.

선택의 홍수

골조가 올라가고 집의 모양이 대충 갖춰져 갔다. 본격적인 선택의 시간은 이제부터였다. 집을 구상하면서 대충의 윤곽은 머릿속에 있었지만 디테일 하나하나를 미리 정해놓지는 못했었다.

나의 취향은 까다로웠다. 아무거나 선택하고 싶지 않았고 평범하고 괜찮아 보이는 것들도 내 눈에 차지 않았다. 그렇다고 뭐 대단히 고가의 재료나 특별한 디자인을 찾는 건 아니었다. 그저 나의 안목과 수준에 딱 맞는, 그저 그런 나의 취향에 지나지 않는 보통의 선택들이었다. 하지만 그게 그렇게 어려울 줄이야.

짓고 싶은 집을 생각하면서 내가 꿈꿨던 이상적인 집의 모습은 쉽게 바뀌지 않았다. 나의 성격은 은근 고집스러운 면이 있어서 결정하기까지 시간이 걸릴 뿐 그 결과는 쉽게 바뀌지 않는데 막상 집을 짓기 시작하고 선택의 시간에 놓이자 그 성격으로 선택을 해야 하는 나는 몇 배로 힘이 들 수밖에 없었다.

내부공사를 시작하면서 우리가 선택해야 할 항목들 중 인테리어에 관한 것만도 테이블, 싱크대, 1층 천장마감재, 조명, 창문, 폴딩, 벽돌, 수전, 타일, 세면대, 욕조, 변기, 콘센트, 문손잡이, 벽지, 페인트, 바닥, 오븐, 식기세척기, 인덕션, 냉장고, 계단 등 끝이 없었다.

하루에 아주 적게는 한두 가지, 많게는 수 개의 선택들이 눈앞에 놓여 있었다. 발품 팔아가며 논현동, 을지로, 이태원을 돌아다녔다. 선택의 홍수 속에서 신중하지만 결단력 있는 빠른 판단은 아주 중요한 요소였다.

"오늘은 벽지 색깔, 현관 조명, 손잡이 정해서 알려주세요."

"욕조는 오늘까지는 꼭 알려주셔야 해요."

소장님이 내주시는 숙제는 매일매일 추가됐다. 나는 선생님 말 안 듣고 숙제 못 한 농땡이마냥 찜찜한 마음으로 잠이 들곤 했다. 하지만 집의 공정은 순서가 있었기에 그 순서에 조금이라도 문제가 생기지 않도록 최선을 다해 선택했다. 평소의 나처럼 어영부영 결정 장애의 시간을 보내다 떠밀리듯 선택하면 나중에 너무 후회가 될 것 같았다. 선택의 시간에 앞서 미리미리 골라두고 봐두는 시간이 계속됐다. 우리가 고른 것들과 소장님이 제시해주시는 것들을 그때그때 조합해나가며 선택을 이어갔다.

우리 집의 전체적인 분위기를 좌우할 싱크대는 정말 고민이 많았다. 1층의 좁은 공간에 반 이상을 차지하게 될 아일랜드 형태의 싱크대라 재료의 선택에 신중해질 수밖에 없었다. 상부장과 주방 후드 없이 오롯이 하부장인 아일랜드만 있게 될 공간이었다. 수납도 중요했고 인테리어 감각도 필요했다.

당시의 나는 스테인리스와 시멘트의 질감에 꽂혀 있었다. 스테인리스 상판과 원목 나무의 하부장을 조합하는 것도 나쁘지 않을 것 같았다. 하지만 생활 스크래치를 생각하면 너무 넓은 면의 스테인리스 상판은 관리가 어려울 것 같다는 생각이 들었다.

상판을 시멘트 질감으로 하는 건 어떨까 고민하고 생각하던 중 남편은 '미크리트'라는 감각적인 디자인과 우리의 마음에 쏙 드는 질감의 재료를 찾아냈다. 그동안 보지 못했던 생소한 재료와 세련된 디자인이었다.

미크리트는 콘크리트 마감재로 바닥, 타일, 싱크, 욕조, 세면대 등 다양한 곳에 사용할 수 있었다. 색상도 화이트, 회색, 블랙의 범위에서 선택할 수 있는 스펙트럼이 다양했다.

처음엔 바닥의 에폭시 재료를 알아보다가 알게 된 업체였다. 1층을 일반 가정집이 아닌 카페 같은 분위기로 연출하고 싶었던 나는 바닥의 소재로 시멘트나 에폭시를 알아보고 있었는데 가정집에는 도저히 사용이 불가능한 재료였다. 수소문 끝에 인터넷을 뒤지고 뒤져 찾아낸 미크리트라는 이곳이 너무도 내 마음에 들어왔다.

상담 예약을 하고 한 시간을 넘게 달려 도착한 공장에서 계약을 진행했다. 도면을 함께 보며 싱크대 위치와 크기와 높이와 재료를 결정했다. 싱크볼과 상판이 일체형으로 제작되는 독특한 형태였다. 무게도 무게거니와 싱크볼까지 콘크리트 마감재 일체형으로 제작하는 일은 쉽지 않았다. 하지만 정말 독특하고 멋진 결과물이 나올 것 같았다.

원목 하부장과 8인용 테이블의 세부적인 치수와 모양도 계획했다. 집 전체에 사용할 나무는 티크고재로 하고 싶었기에 미크리트에서 제작해주는 가구까지 모두 같은 나무로 주문했다.

화장실 세면대는 미크리트에서 나온 기성품을 주문했다. 세련되고 심플하고 고급스러운 디자인이 내 마음에 쏙 들었다.

우리가 발품을 팔았던 것 중에 창문도 빼놓을 수가 없다. 단열과 채광은 집의 완성도와도 너무 직결되는 문제였기에 집에 달리는 모든 문을 아주 꼼꼼하게 챙겼다. 나는 창틀과 손잡이의 색깔과 디자인도 아주 중요해서 마음에 드는 제품을 찾는 게 쉽지 않았다. 또 집 한쪽 면 전체에 전면창이 계획되어 있었기 때문에 평범하지 않은 모양과 크기는 높은 숙련도와 전문성을 필요로 했다.

건축박람회장을 열심히 돌아다녔다. 검색도 아주 열심히 했다. 우리가 찾아낸 알파칸이라는 제품은 아주 견고하고 제품성이 뛰어났다. 내가 원했던 브라운 컬러의 필름도 가능했기에 우리는 고심 끝에 이 제품으로 집의 모든 창문을 시공하기로 결정했다. 제품이 너무 비싸고 창문의 개수도 많아서 우리 집짓기 예산의 가장 큰 지출 내역으로 한몫했다.

경기도 광주에 위치한 사무실에는 몇 번을 찾아갔는지 모르겠다. 신중에 신중을 기하고 싶었기에 먼 길 마다않고 방문했지만 아이들을 데리고 매번 먼 곳을 찾는 일은 쉽지 않았다. 하지만 집을 짓는 여정 중에 빼놓을 수 없는 일이기도 했다.

'모든 것은 디테일이 결정한다'는 말처럼, 지독히도 작은 것들 하나하나에 신경 쓰고 집중했던 결과물이 지금의 집이다. 선택의 조각들이 모여 집이 완성되었고 별것 아닌 작은 부분이 우리에게 만족감을 주었다. 내가 디자인한 싱크대에 서서 요리를 하면 폴딩 도어 밖으로 마당에서 놀고 있는 아이들이 보인다. 늘 우리와 함께 하는 장면과 모습이지만 내겐 그 시간이 내가 집을 짓고 난 후 가장 행복한 순간이 아닐까 한다. 작고 협소한 공간도 마당이 있으니 좁게 느껴지지 않는다. 잔디에서 놀고 있는 아이들의 모습은 힘들고 어려웠던 시간을 위로해준다.

디자인의 궁극적인 목적은 '사람을 변화시키는 것이다.'라는 말은 정말이었다. 우리가 간절히 바랐던 우리만의 디자인이 가득한 이 공간에서 집에 적응하며 우리는 조금씩 변화하며 살아가고 있다.

입주가 끝이 아니었다

"엄마, 너무 좋다. 우리 이제 여기서 사는 거야?"

"응. 이제 내일이면 이사네. 신기하다 그치?"

공사 기간 내내 매일 밤 이곳을 찾아왔다. 신발을 신고 난간 없는 계단을 오르내리며 어수선하고 컴컴한 집안을 서성였다.

내부가 생길 무렵부터 계속되었던 것 같다. 리니와의 산책 겸 동네를 한 바퀴 돌고 집을 둘러보러 매일 밤 찾아왔었는데, 시간이 흐르고 흘러 이제 정말 입주하는 날이 왔다.

목조로 지어지는 건물은 하루하루가 다르게 뚝딱뚝딱 모양이 갖춰지고 높아져 갔다. 1층의 구조물이 생기고 계단이 만들어지고 2층이 올라가고 또 3층이 올라갔다. 지붕이 덮이고 집의 모양새가 갖추어질 때쯤부터 밤마다 먼지 가득한 공간에 들어와 상상의 그림을 그렸다. 방이 만들어질 곳, 화장실의 공간, 가구를 놓을 방향, 수납장이 들어갈 곳 등 상상의 계획이 가득했다. 나무 향 가득하던 구조물에서의 시간이었다.

이사했던 날 밤, 신발을 신고 들어왔던 그곳에 이불을 깔고 누우니 정말 꿈만 같았다. 천장을 마주하고 누웠는데 꿈에 그리던 그 공간이 제대로 실감이 나지 않아 설레는 마음으로 잠들지 못한 채 한참을 뒤척였다.

사실 준공을 하고 입주 날짜가 다가와 이사는 했지만, 마당엔 흙무더기 공사 현장 그대로였다. 담장도 없고 대문도 없었다. 말 그대로 집만 덩그러니였다. 조경은 우리의 계약 조건에 없었기에 이제부터 시작해야 했다. 그림 같은 집은 없었다. 의지할 곳도 없이 물어볼 곳도 없이 우리만의 공사는 이제부터 다시 시작이었다.

"누구시죠?"

"아, 네. 그냥 지나가던 사람이에요. 새로 지은 집이 있길래요. 좀 구경하려고요."

담장과 대문이 시급했다. 새로 지어진 집에 호기심 많은 이들이 수시로 마당을 들락거렸다. 우리의 사적인 공간에 모르는 사람들이 드나드니 불편한 점이 한두 가지가 아니었다. 일단 집 둘레로 펜스를 두르고 큰 대문을 달기로 했다.

집안에 사용했던 같은 재료인 티크나무로 담장을 두르고 입구에 문의 형태를 만들기로 했다. 테라스 위로 광목을 늘어뜨릴 그늘막 설치를 위해 철제프레임 공사도 같이 진행했다. 광목천 그늘막은 오래된 나의 로망이었다.

"프레임에 고리를 달아주세요. 광목천을 달아서 늘어뜨리려고 해요. 긴 철제막대에 천을 끼워 양쪽 고리에 걸 수 있게 고리 달린 프레임과 막대를 만들어주세요. 세 개의 긴 광목천을 달 수 있게요."

"그리고 마당 펜스 중간중간에 긴 막대를 만들어 세워서 달아주세요. 조명을 달 수 있게요. 조금 높게 부탁드려요."

까다로운 건축주는 요구사항이 많았다. 최선을 다해 필요한 것들을 주문했지만 시간이 지나고 나면 아쉬운 부분은 꼭 있었다.

이후 담장, 펜스, 테라스 프레임을 제외하고 마당을 꾸미는 조경 공사의 견적을 문의했는데 터무니없이 너무 비쌌다. 집 지으며 우리가 예상했던 예산은 이미 초과되어 우리는 조경 공사에 더 이상의 예산 사용은 꿈도 못 꾸는 상태였다.

그날로 남편은 팔을 걷어붙이고 마당 공사 인부가 되었다. 퇴근 후 마당으로 직행했다. 비용을 줄이기 위한 어쩔 수 없는 선택이었다.

"오늘도 일해? 언제 다 끝나?"

"오늘은 여기 벽돌 다시 깔아야 해. 문 앞쪽으로 계단도 만들어야 하고."

"기술자 되겠어. 하루하루 실력이 늘고 있잖아."

남편은 온몸이 먼지투성이가 된 채 바깥일에 매달렸다. 어떻게 저렇게까지 할 수 있을까 싶을 정도로 정원을 만들고 흙바닥에 벽돌을 깔고 텃밭을 만드는 일에 집중했다. 벽돌을 나르고 흙을 퍼

나르고 정원을 정비했다. 벽돌로 바닥을 깔았다가 마음에 들지 않는다며 엎었다 다시 깔기를 수도 없이 반복했다. 잔디 씨앗을 뿌리고 텃밭의 구획을 만들었다. 꽃밭을 만들고 수전에 시멘트도 발랐다.

너무 고생한다 싶었는데 입주 후 불과 한두 달 사이에 몸무게가 7킬로그램이나 빠졌다. 너무 힘들고 고된 노동이었을 것이다. 누구의 도움 없이 혼자서 모든 일을 다 해내야 했으니 말이다.

집에는 차츰 공구들이 쌓여갔다. 임시로 큰 천막 두 개를 설치했다. 증축을 위해 비워둔 공간이었다. 하나는 리니의 집으로 사용하고 하나는 창고로 사용하기로 했다. 천막 바닥에 흙을 고르고 시멘트를 부어 굳혔다. 평평해진 바닥 위로 다시 자투리 나무로 테크를 깔고 리니 집을 완성시켰다. 리니 집 울타리도 만들고 정원으로 들어오는 간이 문도 달았다. 창고 선반도 주문해서 조립했다. 작은 공간에 조금이라도 더 수납하기 위한 방법이었다.

마당의 입구와 안쪽은 높이에 차이가 있었다. 집의 입구에서부터 마당 안쪽까지 서서히 낮아지는 형태였다. 벽돌 한 장, 한 장 놓아서 계단을 만들었다. 디딤돌 대신 벽돌로 발 받침도 마당 곳곳에 놓았다. 흙을 주문해서 마당에 붓고 높이를 조절했다. 마당 주위로 벽돌로 구획을 만들어서 나무와 꽃을 심을 곳도 정리했다.

직접 한 장 한 장 옮겨다 쌓은 벽돌만큼 정원에 대한 애정도 커갔다. 직접 손이 닿지 않은 곳이 없을 만큼 정원은 오롯이 남편의 손으로 하나둘 자연스러운 모습이 갖춰졌다.

지금 우리의 정원은 자연스럽고 분위기 있는 공간으로 바뀌었다. 철마다 색을 갈아입고 새로운 모습을 선물한다. 고정되지 않는 마당의 모습은 입주 후부터 지금까지 변화가 계속 진행 중이다.

Chapter 3.

마당생활자로
살아가다
1

나무 쇼핑

　작은 마당에도 나무는 심어야 했기에 우리는 자주 나무 쇼핑을 다녔다. 집이 완성되기 전 우리는 집을 향한 간절하고 애틋한 마음을 주체하지 못할 때마다 집 근처 조경업체나 집에서 멀리 떨어진 나무 파는 농원을 찾아다니며 들뜨고 설레는 마음을 달래곤 했다.

　일단 마당에 몇 그루 정도 나무를 심을 수 있을까부터 고민했다. 나무의 종류는 어떤 것이 좋을까. 과실수는 어떤 것을 심을까. 계절 따라 색을 달리하는 낙엽수는 어떨까. 마당을 뒤덮는 잎들은 마당의 분위기를 어떻게 바꿔줄까. 나무의 간격과 높이는 어떻게 조절할까. 해를 가리지는 않을까. 위치는 어디로 정할까. 작은 땅이지만 생각해야 할 것들은 참 많았다.

　나무를 구경하는 재미는 다른 쇼핑과는 달랐다. 물건을 살 때와는 다른 느낌이었다. 일단 푸릇푸릇한 초록의 생명체 사이를 거닐며 행복한 상상을 하는 게 좋았다. 앞으로 나무와 함께할 마당 생활이 자꾸 그림이 그려져 나부끼는 마음을 주체할 수 없었다. 단순히 소비만 하는 물건을 고르는 것이 아니라 우리와 함께하게 될 식구를 맞이하는 기분이었다. 거기다가 내가 너무도 애정하는 나무라니. 쇼핑의 매력에 이보다 빠진 적은 없었던 듯하다.

아이들은 나무 사이를 거닐며 보이는 나무마다 호기심을 보였다. 열매가 달리는 이름을 가진 나무들은 모두 가져다 심자고 졸라댔다.

하루는 집 바로 옆에 위치한 농원에 할 일 없이 또 들렀다. 이제막 집 설계를 시작하던 때였다. 나무를 보던 중 한 그루 나무가 내마음을 사로잡았다. 남편의 눈치를 살피니 나와 비슷한 생각을 하고 있는 듯했다. 10년 정도 나이를 먹은 모과나무였다. 나무가 가장 예쁠 시기에 우리는 만났다. 봄이 되어 싹이 트고 꽃망울이 올라오면 예쁘지 않은 나무가 어디 있겠냐 만은 이 모과나무는 달랐다. 나이를 먹은 만큼 크기도 웅장하고 둥글게 위로 솟은 나뭇가지 모양들이 나무의 가치를 한층 더해주고 있었다. 뽀송뽀송한 초록빛의 잎과 분홍의 꽃망울이 갈색의 나무 줄기와 어우러져 환상의 분위기를 자아냈다. 우린 나무를 당장 데려올 수 있는 상황이 아니었음에도 가격 흥정을 시도했다.

그 후 몇 번이나 그 나무를 다시 보러 갔다. 마음의 결정을 내리기까지 시간이 좀 걸렸다. 병충해가 많다는 모과나무는 겉보기에만 그럴싸할 뿐 별 효용가치가 없다는 이야기를 들었다. 여러 고민 끝에 그래도 우리는 이 나무를 데려오기로 결정했다. 오래된 사철나무와 좋은 조화를 이룰 수 있을 것 같았다. 마당의 균형을 잡아주는 큰 나무로 마당에 잘 자리 잡길 바라는 마음이었다. 이후로도 계속 나무 쇼핑은 이어졌다.

그동안 집이 완공되고 입주하는 날이 드디어 왔다. 좁은 땅 위에 작고 높은 집 한 채만 덩그러니 서 있었다. 준공이 끝나고 이사는 왔지만 담장도 울타리도 없이 안팎으로 미완성의 상태는 꽤 오래 지속됐다. 마당은 흙과 남은 건축자재로 정리가 시급했다. 이사와 함께 다시 2차전이 시작된 느낌이었다.

휑하게 뚫려 있는 마당으로 사람들이 자꾸 왔다갔다 했다. 넓은 광장에 발가벗고 서 있는 기분이었다. 사생활을 보호받지 못한 채 불쑥불쑥 나타나는 불청객으로 마음이 불편했다.

조경을 서둘러 진행하기로 했다. 우선 미리 결정해두었던 모과나무를 옮겨와 심었다. 테라스 옆 언덕에 자리 잡았다. 마당으로 나와야만 볼 수 있는 위치였다. 오래된 원래의 계획은 예다방 창문으로 초록의 잎사귀를 볼 수 있게 하는 것이었다. 하지만 집이 너무 높아진 만큼 3층 창문으로 나뭇잎을 보는 건 포기해야 했다. 대신 테라스에 앉아 멋진 나무를 감상하는 것으로 만족하기로 했다.

나머지 나무들도 몇 번의 쇼핑 끝에 우리 집에 자리 잡았다. 살구나무, 체리나무, 대추나무, 사과나무는 아이들 성화에 못 이겨 데려온 아이들이다. 이후에 집 앞 공터에 창고가 생기고 조금이나

마 건물을 가리고자 붉은 목련나무도 한 그루 심었다. 그리고 집 현관 쪽 버드나무까지 해서 총 여덟 그루의 나무가 심어졌다.

나무는 그 나름의 종류대로 각자의 개성을 뽐내며 쑥쑥 자랐다. 한 해씩 걸러가며 풍성한 열매도 선물했다. 한 해는 살구나무에 살구가 너무 많이 열렸다. 한 그루 나무에서 이 정도의 양이 나올 수 있다니 놀라웠다. 열매를 따며 우리는 부자가 된 듯한 기분에 마음까지 풍족해졌다. 초록 잔디 위 바구니마다 가득한 주황의 살구들이 마음을 몽글몽글하게 했다. 살구청, 살구주를 담궈 이웃과 가족들과 나눴다.

마당에서 열매를 따 먹는 일은 마당놀이의 소소한 즐거움 중 하나였다. 매일매일 열매가 조금씩 자라는 일을 지켜보는 일은 아이들의 중요한 일과 중 하나가 되었음은 물론이다. 계절 따라 본인의 성장 속도에 따라 순서를 바꿔가며 과실수는 우리에게 정말 많은 것을 내어주었다.

집 앞쪽에 위치한 버드나무는 성장 속도가 놀라웠다. 처음엔 자작나무를 심을까 버드나무를 심을까 고민이 많았다. 현관 쪽으로 나무가 흐드러져 집으로 들어오는 입구를 나무 터널로 만드는 것을 꿈꿨던 나는 조금의 양보 끝에 현관 입구가 아닌 반대쪽 집의 입구에 잎이 풍성한 나무를 심기로 했다. 버드나무는 나의 예상을 훌쩍 넘어 더 크고 풍성하게 자랐다. 주변 이웃 어른들의 애정 어린 우려의 목소리도 함께 따라왔다. 너무 성장 속도가 빨라서 집 가까이 심은 나무의 뿌리가 집 기초를 상하게 할까 걱정을 하셨다. 더 자라기 전에 잘라내는 것이 어떻겠냐고 조심스러운 조언을 주셨다. 우리는 일단 가지치기를 자주 하면서 성장 속도를 더디게 해 보기로 결정하고 지켜보는 시간을 조금 갖기로 결정했다.

나무 쇼핑으로 마음을 달래며 집을 짓는 6개월의 시간을 보냈다. 그리고 우리의 식구가 된 여덟 그루의 나무들과 함께 집의 이야기를 함께 써나가고 있다. 집을 짓는 동안도 그 집에 살고 있는 지금도 나무는 우리에게 정말 위로가 되어주었고 지금도 그러함은 틀림없다.

예전의 나무 쇼핑의 기억을 떠올린다. 그런 행복한 쇼핑이라면 몇 번이라도 다시 하고 싶은 마음이다. 그런 귀한 시간은 우리가 살아갈 동안 그리 많지 않은 기회라는 걸 알기에 더 소중한 것일지도 모른다. 이제 오랜 시간 이곳에 묵묵히 자리 잡을 나무와 함께 할 이후의 시간을 즐기고 잘 가꾸는 것만 남았다. 애정하는 나무들과 함께 할 앞으로의 시간도 기대가 된다.

쉰 살 사철나무

아주 오래 전 구옥이 있던 시절부터 함께한 쉰 살 사철나무가 마당에 서 있다. 해가 갈수록 더 풍성해져 사계절 내내 초록의 싱그러움을 선물한다. 창문으로 보이는 초록의 잎들은 우리 집의 상징이 되었다.

어린 시절 내가 살던 아파트 단지의 놀이터에는 사철나무가 울타리로 둘러싸여 있었다. 나지막이 내 키만 한 높이의 사철나무는 내게 아무런 감흥을 주지 못했었는데, 우리는 처음 이 집을 보러왔을 때 이 사철나무에 반하고 말았다.

"저게 무슨 나무예요?"

"사철나무요?"

"사철나무가 저렇게 커요?"

이렇게 큰 사철나무는 사실 처음 봤다. 오래된 집에는 이런 예기치 못한 선물도 있다. 큰 줄기 두 개가 갈라져 뿌리를 내리고 온 몸으로 긴 세월을 품고 있었다.

봄이 지날 때쯤 잎들이 떨어지고 연둣빛 새잎이 돋아나는데 잔디 위로 한가득 노랑 잎이 바닥을 덮는다. 마냥 사계절 푸를 것 같던 사철나무도 일 년에 한 번 부분부분 옷을 갈아입는다는 걸 몇 년의 시간을 함께 보낸 후 알게 됐다.

한동안 사철나무가 심한 몸살을 앓은 적이 있었다. 우리가 집을 지을 때 나무도 같이 스트레스가 많았던 모양이다. 잎들이 너무 많이 떨어져 앙상한 가지를 드러냈을 땐 우리가 몹쓸 짓을 하는 건 아닌가, 정말 죽는 건 아닌가 싶어 마음을 졸였다. 다시 반짝거리는 초록 잎들로 풍성해지기까지 꽤 오랜 시간이 걸렸다.

가장 굵은 나뭇가지 위의 명당자리는 늘 예다 차지다. 나무에 올라가 책을 읽는 모습을 보면 영화 〈플립〉 포스터의 주인공이 부럽지 않다. 책도 읽고 간식도 먹고 멍도 때린다. 그림이 따로 없다.

호시탐탐 누나의 자리를 노리는 제다는 불편한 자리에 엉덩이를 끼워본다. 우리는 제다의 불편한 엉덩이를 위해 밧줄그네를 만들어주었다. 제다의 숲 학교에서 부모 교육 시간에 배운 밧줄 매듭법을 써먹었다. 키가 더 큰 모과나무도 있었지만, 나무 그네를 달려면 가뿐히 50년 정도의 수명은 필수 아니겠냐며 그 수명이 꼭 내나이인 마냥 뿌듯해하며 호기롭게 밧줄들을 매달았다.

철물점에 가면 나무 그네에 아주 유용하고 적격인 엉덩이 받침이 있다. 사실 엉덩이 받침은 우리가 붙인 별명이고 무거운 자재를 들어 올릴 때 양쪽 귀퉁이 고리를 걸어 사용하는 넓적하고 질긴 작은 해먹 모양의 물건 정도 되시겠다. 언제 또 요런 기똥찬 물건을 봐 두었는지 남편은 철물점에 한달음에 달려가 요 아이를 데려왔다.

알록달록 밧줄을 끼워 나무에 매듭지어 걸었더니 너무 근사한 나무 그네가 완성되었다. 그네 높이가 너무 높아 올라가지 못하는 제다를 위해 나무 밑동을 잘라서 발 받침도 만들어주었다. 잘라낸 작은 밑동 조각은 다시 오른쪽, 왼쪽 가지에 밧줄로 매달아 세 개의 그네가 완성됐다. 360도 회전 그네, 엉덩이 받침 그네, 삼지창 그네. 종류도 다양하다.

담 넘어갈까 무서울 정도로 아주 세차고 높게 아이들은 그네를 탔다. 보는 나도 신난다. 마당의 나무 그네라니. 너무 로맨틱한 거 아니냐며.

언젠가 아이들이 사철나무 위에 올라갔다가 깜짝 놀라며 소리를 질렀다. 둥지에 알이 있었다. 멧비둘기 한 쌍이 마당에 자꾸 나타나더니, 그새 나무에 둥지를 틀고 알을 낳았나 보다. 아이들은 방해가 될 새라 엄마 새의 눈치를 보며 알들을 살폈다.

며칠이 지나고 사다리를 가져다가 조심조심 더 가까이 다가가 둥지를 들여다봤다. 꼬물꼬물 아기 새가 세 마리나! 아이들의 소리 없는 환호성이 이어졌다.

우리 집 마당이 내려다보이는 전깃줄 위에 어미 새가 앉아 있었다.

새끼들이 다칠까 전전긍긍하며 멀리서 바라보는 어미의 마음이 애달팠다. 아이들은 어미 새의 마음을 헤아려 사진을 찍고 얼른 자리를 피해주었다.

매년 봄마다 새들은 사철나무를 찾아왔다. 둥지에 알을 낳고 새끼들이 태어나면 나무 그네도 한동안 휴식기를 가진다. 나무 그네를 신나게 탔다간 새들이 다신 찾아오지 않을 테니. 아이들 마음이 참 예쁘다.

애견유치원생 박리니

아이를 키우는 집이라면 으레 한 번쯤은 거쳐야 할 통과의례가 있다. 반려동물 가족 만들기에 관한 밀당은 우리 집에도 어김없이 찾아왔다. 강아지를 키우고 싶다고 노래를 하던 예다는 주택에 오면서 그 꿈을 이뤘다.

우리 집 반려동물의 이름은 박리니다. 리니라는 이름에는 첫째 예다의 이름이 될 뻔했던 추억이 담겨 있다. 내가 첫째를 임신했을 때 이름을 박리니로 짓고 싶다고 이야기했더니 강아지 이름 같다고 주변 사람들이 말렸었다. 가족들의 만류로 마음을 접었던 그 이름을 아쉽게나마 이렇게라도 가져다 붙였다.

리니는 우리가 자주 가던 식당에서 데려왔다. 아이들이 강아지 타령을 하던 시절 우연히도 다섯 마리의 새끼를 막 낳은 골든리트리버가 그곳에 있었다. 사실 어미 개가 임신한 것 같아 밥 먹으러

갈 때마다 오랜 시간 눈여겨봐 둔 터였다. 식당 주인에게 한 마리 분양하시라고 부탁을 드리고 한 달을 더 기다렸다.

식당 주인아저씨는 우리가 대형견을 정말 잘 키울 수 있을지 또 강아지가 앞으로 커나갈 환경은 어떤 곳인지 확인하시고는 대가도 받지 않으시고 우리에게 보내셨다. 작고 귀여운 강아지는 태어난 지 두 달도 채 안 되어 우리에게 왔다.

집으로 데리고 오던 날, 아기 강아지를 엄마 개와 헤어지게 한 자신을 탓하며 눈물을 흘리던 예다가 생각난다. 그 눈물은 집으로 돌아와 금세 웃음으로 바뀌긴 했지만.

한 아름 예다 품에 폭 안기던 작고 귀여운 아기강아지는 그렇게 우리에게 왔다. 우리는 집으로 데리고 와 목욕을 시키고 먹이를 챙기고 잠자리를 봐주고 병원에 데려가 주사도 맞히며 애지중지 키웠다.

그 시기의 우리는 집 짓는 동안 임시로 월세 집에 사는 중이었는데 그곳엔 집과 마당 사이에 나무 데크가 깔려 있는 작은 테라스가 있었다. 양쪽으로 문을 닫을 수 있으니 아기강아지를 키우기 딱 알맞은 공간이었다. 집에 들여놓고 키우고 싶어 하는 아이들과 집에는 절대 들일 수 없는 엄마와의 절충으로 테라스에서 리니를 키우기로 했다. 그 시기 리니는 달이 지날수록 얼마나 말썽쟁이로 바뀌는지 테라스에 둔 물건을 물고 뜯고 장난을 쳐서 신발이고 잡동사니고 남아나는 것이 없었다.

사실 남편은 총각 시절 골든리트리버 두 마리를 키운 적이 있었다. 이름은 누리와 끼리였다. 남편의 청춘과 함께한 그 아이들은 그의 추억 한켠에 자리 잡아 리니가 우리의 가족이 된 오늘을 있게 한 듯했다. 그동안 자주 예다에게 누리와 끼리 이야기를 들려주던 남편이었다. 다시 키운다면 골든리트리버가 좋겠다고 늘 이야기했던 터라 아이들도 대형견에 대한 거부감 없이 자연스럽게 리니와 가족이 되었다.

우리는 집을 짓는 동안 늘 리니를 데리고 산책을 다녔다. 마을 한 바퀴를 돌고 마지막 코스로 어수선한 공사장에 들러 매일 조금씩 바뀌는 집을 둘러봤다. 그때만 해도 참 귀엽고 작은 아기강아지였는데 하루가 다르게 몸집이 커지고 아기의 모습은 금세 자취를 감췄다.

그 무렵 집이 완공되고 허허벌판 외롭게 건물만 덩그러니인 집에 입주를 했다. 리니가 갈 곳이 없었다. 집 안에 들일 수도 없고 그렇다고 혼자 집 밖에 둘 수도 없었다. 마당 공사를 시작하면 함께 있기 더 어려워질 터였다.

그 시절 한창 에너지가 넘치던 리니는 사람만 보면 반가워서 누구든 상관없이 앞발을 들고 올라탔다. 덩치 큰 개는 더 이상 귀여운 존재가 아니었고 나처럼 개를 무서워하는 사람에겐 공포였다.

특단의 조치가 필요했다. 마당 공사를 할 동안 애견유치원에 입학하기로 했다. 먹고 자고 훈련하고 친구들과 놀 수 있는 곳이었다. 예다보다 덩치가 커져서 산책하기도 버거웠는데 앞서가지 않고 얌전히 옆에서 걸으며 산책하는 방법도 그곳에서 배우기로 했다.

약속한 시간은 4개월이었다. 이별의 슬픔을 잠시 뒤로하고 리니를 맡겼다. 중간중간 약속된 날짜에 찾아가서 리니와 함께 훈련에도 참여했다.

유치원을 졸업하고 집에 돌아온 리니는 기가 막히게도 훈련이 잘되어 있었다. 사람에게 올라타지도 않았고 얌전히 예다 옆에서 산책할 줄도 알았다. 너무 놀라운 발전이었다.

그 사이 마당 공사도 완성되고 리니의 집도 갖춰졌다. 사고뭉치였던 리니는 이제 여섯 살이 되어 얌전한 성인개의 모습을 하고 있다. 여전히 사람을 좋아하고 순둥순둥한 눈망울을 굴리며 같이 놀아주기를 언제나 애타게 기다린다. 겁도 많고 너무 순해서 다른 개에게 공격을 당해도 깨갱 소리만 낼 뿐 크게 한 번 짖지도 않는다. 덩치만 컸지 순둥이 쫄보다.

아이들은 리니의 죽음에 대해 늘 이야기한다. 리니가 예전처럼 말썽을 부리지 않아서 또 예전만큼 에너지가 넘치지 않아서 안타까워한다. 이별의 시간을 손가락으로 세어보고 얼마의 시간이 남았나 계산해본다.

얼마 전 다 같이 이불 깔고 1층에서 자던 날, 아이들과 리니의 이야기를 또 나눴다.

"엄마, 우리가 리니랑 처음 만난 날 생각나지? 처음엔 우리가 리니 말고 빨강 목걸이 아기강아지를 데리고 나왔었잖아. 근데 펜스 안에 있던 주황 목걸이 아기강아지가 엄청 활발하고 소리 내고 끊임없이 움직여서 너무 건강해 보였잖아. 그래서 우리가 다시 빨강이를 두고 주황이를 데리고 나온 거였어. 그게 리니지. 우리가 리니를 데리고 나오지 않았더라면 지금쯤 어떻게 살고 있을까?"

"맞아, 예다야. 거기 파랑, 주황, 빨강 목걸이를 한 아기강아지 세 마리가 있었잖아. 우리가 선택할 수 있는 건 빨강이랑 주황이였는데 처음엔 빨강이를 데리고 나왔다가 주황이로 바꾼 거였잖아. 리니가 주황이였어. 우리가 리니의 운명을 결정한 거네. 예다는 울었잖아. 엄마 개랑 헤어지게 해서 미안하다고. 생각나지?"

"맞아. 그럼. 그건 정말 슬픈 일이야."

엄마와 누나의 이야기를 듣고 있던 제다도 옆에서 한마디 거든다.

"엄마, 우리가 리니랑 같이 지낸 지 5년이 지났으니까 리니랑 같이 살 수 있는 날이 정말 얼마 안 남았어. 너무 슬퍼. 리니가 죽는 날 나는 너무 힘들 거야. 계속 슬플 거야."

리니를 데려오던 그날, 작고 귀엽던 아기강아지는 펜스 안에서 끊임없이 움직이고 짖고 활발하고 명랑한 성격을 보여주었었다. 다른 아기강아지를 펜스 밖으로 꺼내었다가 다시 바꿔 리니를 데려온 거였는데 우리는 그 운명의 시간을 이야기하고 또 이야기한다. 아이들은 그 이야기가 지겹지도 않은지 우리가 함께 얘기한 횟수만도 열 번은 넘는다.

골든리트리버의 수명은 10년에서 12년이라고 한다. 이제 정말 우리가 함께할 날이 얼마 남지 않았다고 이야기하며 아이들은 눈물을 흘렸고 나는 마음이 아팠다. 아이들은 나에게 지금처럼 리니 한 번 쓰다듬어 주지 않고 멀리 다시는 오지 못할 곳으로 떠나보내면 엄마는 나중에 정말 슬플 거라고 협박과 회유를 섞어가며 엄마의 먼 훗날의 슬픔도 걱정해주었다. 자신들처럼 리니를 진심으로 사랑해주기를 바라는 마음에서 슬쩍 진심을 전했다. 격의 없이 뒹굴고 스스럼없이 한 존재와 함께하는 일은 그만큼의 수고로움과 노력을 동반하는 일이지만, 아이들은 그 이상의 것을 느끼는 듯하다. 존재의 가치에 대해서, 함께함의 의미에 대해서. 아이들에게 배울 점이 많다, 정말.

아이들 말대로 우리 가족이 리니와 이별할 날을 상상해본다. 그 슬픔이 쉽게 가늠되지는 않지만 언젠가는 찾아오겠지. 지금의 시간을 그리워할 날이 우리에게도 올 것이다.

헤어짐을 미리 준비하는 아이들, 마음 아프지만 리니와의 동거를 통해 삶을 배운다. 지금, 오늘, 더 행복해야 하는 이유다.

골목의 동네 어르신은 리니를 볼 때마다 여전히 리니의 이름을 헷갈려하신다. 몇 번을 들어도 어려운 이름인가보다.

"덩치가 저렇게 큰데 이름이 미니라고?"

우리는 그냥 웃고 만다.

오늘도 리니와 산책길에 나선다. 리니가 가장 좋아하는 시간이다.

리니와 함께하는 시간만큼 우리도 건강해진다. 언제까지 리니와 함께 걸을 수 있을지 모르지만 지금 이 시간이 소중하다. 소중한 마음을 간직하고 오늘도 길을 나선다.

뽕짝 안내방송이 흘러나오면
마을 대청소를 시작합니다

　마을 입구에 위치한 마을 회관의 스피커에서는 가끔 뽕짝 노래가 흘러나온다. 아주 제대로 된 뽕짝 메들리다. 아이들은 어느 순간부터 멜로디가 들려오면 춤을 추기 시작했다. 정겹고 재밌는 가락이 아이들의 몸을 저절로 움직이게 하나 보다. 반 소절 멜로디가 끝나면 동네 이장님이 마이크에 대고 소식을 전하는데 특별한 일이 아닌 대부분 다음날 오전 7시에 있을 청소 알림이다.

　"알립니다. 내일은 마을 대청소가 있습니다. 본인 집 앞 골목을 청소해주시고 마을 청소에 참여를 부탁드립니다."

　정확히 네 번 같은 멘트를 반복하신다. 동네에 사시는 분들은 대부분이 고령층이라 네 번은 기본으로 반복해주셔야 소통이 되는 아날로그 동네다. 다음 날 새벽, 찬 공기를 가르며 어김없이 같은 메들리가 또다시 들려온다. '주말엔 편히 늦잠 좀 자고 싶다'는 마음속 외침을 뒤로하고 같은 멘트가 네 번 반복되는 동안 이미 잠은 깼다. 절대 일어나지 않을 수가 없다. 이장님의 큰 그림 속 계획인 걸까?

아이들도 전날 밤 잠들기 전부터 마음의 준비를 마친다. 처음엔 아빠 혼자 일어나 마을 청소에 참여했는데 어느 순간 아이들도 함께하게 됐다. 전날 늦게 잠들어 일어나기 힘든 날에도 곧잘 일어나 아빠를 깨운다. 주섬주섬 옷 챙겨 입고 새벽 공기를 가르고 나가면 동네 할아버지들 총출동이다. 옆집 형도 나와 할아버지를 돕는다. 아이들은 동네 어르신들에게서 기특하다는 칭찬 한가득 듣고 배부르게 집으로 돌아온다. 동네 청소에 이어 우리 가족은 얼마 전부턴 동네 플로깅도 시작했다. 집게로 줍는 재미가 쏠쏠한지 주말만 되면 나가자고 둘째가 조른다.

"엄마는 녹색평론 읽고 기틀은 이제 그만 세워. 실천을 해야지. 그리고 말로만 녹색당이야?"

귀찮다는 변명이 쏙 들어간다. 동네를 구석구석 누비며 쓰레기도 줍고 동네 할머니, 할아버지도 만난다.

하루는 둘째가 골목에서 놀다가 동네 할머니와 대화를 하다 들어왔다.

"제다는 친한 할머니가 참 많네, 그치?"

"응. 엄마. 맞아. 난 할머니가 몇 명이지?"

"우리 한 번 세어볼까?"

"1번 외할머니, 2번 앞집 혜나 할머니, 3번 친할머니, 4번 다빈 형아 할머니, 5번 옆집 계란 할머니, 6번 뒷집 단감 할머니."

"우와! 제다는 할머니 친구가 여섯 분이나 있네? 좋겠다!"

제다는 갑자기 부자가 된 듯 부끄러운 미소를 지었다.

동네에 할머니는 많고 그분들은 우리에게 먹거리를 자꾸 나눠 주시니 제다가 지은 할머니 이름들은 아주 적절하다 싶다. 이사를 오고 처음엔 그냥 오래된 동네이려니 했다. 나이 든 분들이 많이 사시고 동네의 나이만큼 마을에 사시는 분들의 나이만 가늠할 수 있을 뿐이었다. 하지만 그 안에는 우리가 몰랐던 그분들만의 끈끈 한 무언가가 존재했다. 함께 농사도 짓고 김장도 돕고 가마솥에 음 식도 끓여 같이 나눴다. 우리가 상상만 했던 시골의 정 넘치는 모 습이 이곳 도심 속 시골 마을에 있었다.

지금은 마을 전체의 노후 된 수도관을 교체하고 하수도관을 연 결하는 공사가 진행 중이라 동네가 많이 어수선하다. 동네 텃밭으 로 사용하던 넓은 나대지가 공사용 자재 보관 장소로 바뀌고 흙먼 지가 날린 지 반년이 넘었다. 하지만 그 전엔 텃밭이라기보단 논이 나 밭이라는 말이 더 어울릴 만한 아주 크고 그럴듯한 농사짓는 터 가 동네 입구 공터에 크게 자리 잡고 있었다. 철마다 종류를 바꿔 가며 초록의 작물들이 가지런히 줄지어 자라는 걸 보면 내 것이 아 닌데도 그렇게 예쁘고 뿌듯할 수가 없었다. 그곳에서 농사짓고 동네 사람들과 함께 나누며 살아가는 어른들의 모습을 보며 부럽다는 생각을 참 많이 했다. 나도 나이 들어 저렇게 이웃사촌들과 정 나누며 농사지으며 살고 싶다고 생각했었다.

동네 어른들은 철마다 푸성귀를 우리에게 나눠주시고 우리는 또 드릴 것이 없나 고민하며 몇 해의 시간을 보냈다. 우리 집 마당에서 나는 수확물들은 소소하고 별것 없었지만 살구가 열리면 조금, 대추가 열리면 또 조금, 고추를 따고 아욱을 따다가 이웃과 나눴다. 나눠 먹고 주고받는 재미는 정말 쏠쏠했다. 이웃과의 왕래엔 아이들이 더 신났다.

마을 집집마다 마당엔 가마솥이 걸려 있는 집이 많다. 우리 집 담 넘어 바로 옆집에는 동네 어르신들이 자주 모이시는데 가끔 옆집 가마솥에 물이 끓어 연기가 피어오르면 그날은 동네에서 닭을 잡은 날이다. 마을에는 우리 집을 포함해서 닭을 키우는 집이 몇 집 있는데 닭도 직접 잡으신다. 처음엔 뭐 이런 신기한 동네가 다 있나 싶었다. 이곳은 분명 도시인데 시골 느낌이 물씬 나는 거다. 닭을 잡은 날엔 어김없이 동네 어르신들이 옆집 마당에 다 모이신다. 우리도 담 넘어 초대받고 건너가면 닭죽도 얻어먹고 술도 한잔하고 어르신들 수다에 참여하는 즐거움을 맛본다.

동네에서 젊은이에 속하는 중년의 우리 부부는 처음엔 어르신들의 궁금함과 호기심의 대상이었다. 시간이 흐르고 세월이 쌓이면서 우리도 어르신들 곁에서 동네에 스며들었다. 지금 내가 우리 마을에서 느끼는 마음을 표현하면 이 말이 딱 어울릴 것 같다. 자주 얼굴 보고 이야기 나누는 시간이 쌓여 이곳에 스며든 느낌.

또 몇 번의 사건이 있었다. 우리 집 앞 골목은 차가 다니기 매우 좁은데도 주차할 곳이 부족해 집집마다 집 앞에 차를 세워둔다. 차는 많고 골목은 좁고 우리는 이사 후 벌써 두 번의 접촉사고가 있었다.

남편이 아침에 너무 늦잠을 잔다 싶더니 마음은 급하고 골목은 좁고, 늘 지나다니던 길이었지만 골목을 빠져나가다가 앞집 혜나 할머니네 차를 심하게 긁고 말았다. 급하게 벨을 눌러 "죄송합니다. 차를 긁었어요." 하니 "출근하는 사람 바쁘다. 어서 가. 어서 가." 뒷말도 못 하게 하시고는 회사에 도착해 보험 처리 문제로 전화를 드렸더니 한사코 거절하시고 말리셨단다. 그냥 깨끗이 닦으면 괜찮다고, 보험료 올라가면 안 된다고 계속 괜찮다는 말만 하셨다고 했다. 회사 차라 보험 할증 걱정 안 하셔도 된다고 이야기했지만 돌아오는 답변은 "아니야 괜찮아. 괜찮아."

남편의 말을 전해 듣는데 둘의 대화는 그냥 아버지와 아들의 대화 같았다. 내 마음이 짠해졌다. 앞집 뒷집 살며 집 짓는 내내 불편한 내색 한번 없으시고 계절마다 푸성귀며 귀한 제철 양식도 나눠주시며 예다와 제다를 손주처럼 귀여워해주시던 분들이었다. 나의 마음은 딱 거기까지였는데 '우리를 자식처럼 생각하시나.' 거기까지 생각이 미치니 정말 참 뭐라 설명하기가 어려운 기분인 거다.

우리는 정말 좋은 분들과 함께 살고 있구나. 정말 감사하구나. 다시 한번 느꼈던 시간이었다. 결국 몇 번의 설득 끝에 차는 정비소에 맡겼다. 우리는 정말 두 분께 감사한 마음을 갖게 됐다. 나도 늙어서 저런 어른이 되고 싶다고 생각했다. 손해 볼까 전전긍긍, 좁고 편협한 그런 어른 말고 따뜻하고 손해도 좀 보는 그런 어설픈 어른. 물론 앞집 어르신들이 어설프시다는 얘기는 아니다.

사고는 또 있었다. 어느 날, 아이를 학교에서 데리고 오던 나는 집 앞 작은 사거리에서 후진해서 골목으로 주차하러 들어오다가 언덕에서 올라오는 택시를 보지 못하고 부딪히는 사고가 났다. 블랙박스가 제대로 작동하지 않아서 시시비비를 가리기가 힘들어진 상황에 동네 어르신들이 모두 나섰다.

"후진하는데 분명 속도를 내지 않았을 거란 말이죠."

잠시 동안이지만 난 앞집 어르신의 딸이었다. 내게 조금이라도 불리한 상황이 생길까 걱정하며 나보다 더 나서서 입장을 대변해주고 계셨다. 담장 너머 옆집 어르신은 나를 보자마자 "다친 데는 없고? 몸은 괜찮고? 다치지 않으면 됐어. 더 큰 일도 겪고 사는데 이런 일은 아무것도 아냐."

골목을 시끄럽게 만든 나는 너무 부끄럽고 감사하고 죄송했다. 본인 일처럼 나서서 말씀해주시고, 다치지는 않았는지 먼저 걱정해주셨다. 일을 정리하고 집에 돌아와 저녁에 쉬면서 그날 일을 정리하고 생각하는데 마음이 찡해왔다. 우리를 딸처럼 아들처럼 생각해주시는 어르신들이 계셔서 이 낡은 동네에 사는 우리는 참 마음 따뜻하다. 정 있고 사람 있고 왕래가 있는 이곳은 내게 정말 많은 배움을 주는 곳이다.

골목을 뛰어다니고, 옆집 할머니, 할아버지 댁 문을 벌컥벌컥 열고, 초인종을 누르는 아이들의 모습을 본다. 아침에 일어나서 3층 창문으로 텃밭에서 일하고 계신 할머니를 목청껏 부르는 제다의 모습이 참 귀엽다. 이곳에서 아이들이 자라고, 또 이 아이들이 자란 후 마을을 꾸려가는 미래를 그려본다.

내가 살고 있는 이곳을 누구나 살고 싶어지는 마을로 만들고 싶다는 소망, 내가 살고 있는 곳이 아닌 다른 곳을 찾아 헤매고, 더 좋은 환경을 꿈만 꾸는 것이 아니라, 내가 살고 있는 이곳을 그런 곳으로 만들고 싶다는 생각. 아주 작은 것부터 실천하고 싶고, 더 많이 공부하고 연대하고 꿈꾸고 싶은 이유다.

내가 살아가는 모습을 아이들에게 보여주고, 아무것도 가르치진 않지만 그 삶 자체가 교육인 현재를 꿈꾼다면, 나의 아이들이 마을에서 커갈 수 있다면 더 이상 좋을 게 없겠다는 바람이다. 그 살기 좋은 마을을 나부터 시작해서 함께할 수 있는 사람들을 만나고, 함께 만들어 갈 수 있기를 꿈꾼다.

오며 가며 아이들을 챙겨주시고, 귀여워해주시는 동네 어르신들의 모습에서 희망을 본다. 그분들도 나처럼 좋은 마을을 만들고 싶다는 꿈을 꾸고 계신 것은 아닐지. 나부터 작은 실천부터 실천해보리라 다짐한다.

명절을 앞두고 고향에 내려가야 하는 우리는 또 오랜 시간 집을 비운다. 옆집 어르신께 리니와 닭들의 물과 사료를 부탁드리고 할아버지네 손자들에게 용돈을 쥐어주며 리니 산책도 부탁할 것이다. 든든한 이웃이 있어 우리는 우리의 삶터가, 우리가 사는 이곳이 더 좋아졌음이 틀림없다.

"엄마, 마당에 곧 봄이 오려나 봐!"

제다의 아침은 테라스 쪽 문을 열고 마당으로 나가는 것으로 시작된다.

"엄마, 오늘은 마당이 얼마나 바뀌었나 보고 올게!"

하루 새 마당이 얼마나 바뀌었을까만은 그래도 제다는 작은 싹, 꽃의 크기, 풀의 색깔까지 아주 작은 변화마저도 알아채는 솜씨가 예사롭지 않다. 내가 민감하게 알아채지 못하는 것들을 얼마나 잘 찾아내는지 제다의 눈썰미에 감탄한 적이 한두 번이 아니다.

"엄마, 여기 깍지콩 줄기 좀 봐. 정말 많이 컸지? 이 으아리꽃 색깔 좀 봐. 너무 예쁘지 않아? 엄마, 여기 씨앗 뿌린 시금치는 싹이 이만큼 자랐어. 엄마, 고추 좀 봐. 엄청 많이 달렸지? 좀 딸까? 엄마, 엄마, 엄마."

제다에게 마당에서의 시간은 모든 것들에 관심과 애정을 한가득 쏟아내고 마음으로 생명을 돌보는 그런 시간이다. 내가 지켜본 제다의 모습은 마당의 식구들이 자라는 만큼 제다도 함께 자라난 듯하다.

사실 제다가 식물과 자연에 처음부터 관심이 많았던 것은 아니다. 여느 보통의 아이들 누구나 그렇듯 자연에서 행복을 느끼는 정도의 평범한 아이였지만, 지금은 자연을 너무도 사랑하고 자연과 한 몸인 듯 자연스럽게 스며들어 자연과 둘도 없는 소중한 친구가 되었다.

제다가 마당생활자로 살아가는 것에는 학교의 영향도 컸다. 숲으로 등교하는 날이 많은 학교다. 빈 도시락통과 꽝꽝 언 얼음물을 가방에 챙기고서 긴 바지와 장화를 장착하고 등교 준비를 마친다. 학교에서 담아주실 점심을 담을 빈 도시락통이 유일한 준비물이다. 숲에서 공부도 하고 책도 읽고 그림도 그리고 멍도 때리고 물고기도 잡는다. 산딸기 계절엔 배부르게 열매도 따먹고 휴식도 취한다. 숲에서 시간을 보내는 아이들, 그런 아이들이 집에 와선 또 마당에서 시간을 보낸다. 자유롭고 여유로운 일상이 이어진다.

학교에서 느끼는 숲의 풍성함을 집으로 가져오고, 집의 마당에서 느꼈던 자유로움을 학교로 가져간다. 작은 손으로 학교에서 농사를 배워 와서 집의 텃밭에 정성을 더한다. 숲의 끝없이 내어줌은 제다에게 체화되어 집의 마당에서 펼쳐낸다. 모든 놀이가 공부가 되고 삶이 놀이가 된다.

주말이 되면 아이들은 마당으로 나가 집 안으로 들어올 생각을 않는다. 하루 종일 뭘 하며 시간을 보내는지 아침, 저녁으로 쌀쌀한 계절에도 추운 줄 모르고 밖에서의 시간을 즐긴다.

작은 마당이 아빠의 일터로 바뀌는 날엔 나무 더미와 각종 공구들로 가득해진다. 작은 마당은 아이들도 작업과 놀이를 겸할 수 있는 공간으로 변신한다. 제대로 목공소가 된다. 아빠는 아빠의 일, 아이들은 아이들대로 각자의 시간을 보내며 중간중간 수다도 떨어가며 알찬 놀이의 시간을 쌓아간다.

예다는 아빠의 공구로 새집도 만들고 나무 화분도 만들고, 자로 재고 디자인을 하고 못질, 드릴 사용까지 가능한 어린이 목수로 변신한다. 철물점을 제집 드나들 듯, 참새가 방앗간을 지나치지 못하듯, 아빠 뒤를 졸졸 따라다니며 눈요기하고 더불어 놀이 기술들을 익힌 결과다.

옆에서 제다는 아빠와 누나가 하는 걸 힐끔힐끔 쳐다보며, 수다도 떨고, 리니랑도 놀아주고, 앞집 할머니가 주신 대파도 옮겨 심고, 자기 이름을 붙인 꽃나무의 꽃이 얼마나 피었나 감상도 하고, 누나와 아빠가 만들어주는 나무 조각들로 또 다른 놀이의 세계로 빠져든다.

마당이 봄을 알려주는 신호를 아이들은 누구보다도 빨리 알아차린다. 누구보다도 먼저 새로운 계절을 맞이할 준비를 마친다. 아주 조금의 온도 차이에도 아이들의 계절 민감 온도계에는 불이 켜지는 듯하다. 그 시간이 되면 봄을 맞는 준비로 아이들 마음은 분주하다. 앞집 할머니네서 얻은 예쁜 새집을 사철나무에 설치하고 새 모이도 가져다 놓는다. 햇빛을 좇아 의자를 가져다 앉아 간식을 먹고 책을 본다. 다가올 봄을 미리 느낀다. 옹벽 아래엔 매화꽃이 만발하여 마당 가득 꽃향기가 가득하고 바람이 불면 꽃눈이 흩날린다. 아이들은 초록 싹이 돋아난 잔디 위를 구르고 눕고 뒹굴며 아직은 쌀쌀한 봄을 만끽한다. 온종일 마당에서 지낼 수 있는 계절이 시작되는 순간은 너무 설레는 시간 중 하나다.

봄이 오기가 무섭게 예다는 봄맞이 쇼핑을 가자고 조른다. 예다의 최애 쇼핑 장소는 양재 꽃시장이다. 예다는 눈은 반짝반짝, 입은 쫑알쫑알, 쇼핑가는 차 안에선 내내 기분이 좋은지 연신 싱글벙글이다. 꽃 시장에 도착한 예다는 오늘 사야 할 식물 리스트를 펼친다. 이름도 생소한 딱총나무 엘더 플라워, 잉글리시 라벤더, 블루 세이지, 장미 허브 등, 꼬깃꼬깃 쪽지 가득 적어 온 종이를 들고서 시장을 종횡무진 휘젓는다.

3년의 내공이 쌓인 만큼 양도 종류도 조절할 줄 알고 꼭 필요한 것만 알차게 고른다. 잘 키워보겠다는 다짐 불끈이다. 하루 종일이라도 있을 수 있겠다며 예다는 아쉬운 발걸음을 떼지 못한다.

마당이 있는 집을 꿈꾸기 시작하던 시절, 예다의 꿈은 정원사와 농부였는데 벌써 저렇게 자라 중학생 나이가 되었다. 마당을 즐기기엔 너무 커버린 게 아닐까 걱정도 했지만 초등학교의 마지막 시절, 대안학교를 다니면서 하고 싶은 일들을 마음껏 할 수 있는 시간이 주어지고 놀이의 시간이 늘어나 우리 집 마당은 아쉬움 없이 반짝반짝 빛이 났다.

아이들은 끊임없이 마당의 나무와 꽃과 열매들이 얼마나 자랐나 확인하고 아주 작고 미묘한 차이를 눈으로 확인하고 발견한다. 자연의 변화에 감동을 느끼고 형상의 아름다움과 생명의 귀함을 직접 느끼는 아이들은 자연에서 함께 커가며 소중하고도 귀한 경험을 함께 하는 중이다.

하지만 좀 더 여유 있고, 느긋한 시간을 즐기기 위해선 많은 수고로움이 따른다. 그 수고로움이 작은 행복임을 느끼게 되는 건 아이들이 함께하기 때문이다. 지금 이 소중한 시간이 채워져 우리의 마음은 더 풍요로워졌음이 틀림없다.

분명 마당에서의 시간은 우리 가족을 조금 더 애틋하고 끈끈하게 만들어주었다. 마당에서의 시간은 우리 가족이 가장 즐겁고 행복한 시간임이 틀림없다. 별것 아닌 일상이지만 쉽게 누릴 수 없는 평범한 시간을 함께하며 우리는 더 많이 웃고 더 많이 행복했다.

"엄마, 오늘 하루 너무너무 재미있었어!" 아이들이 잠들기 전 외치는 이 한마디는 마음 저릿한 행복감을 우리 부부에게 전해준다.

예다와 제다가 잔디에 누워 하늘을 본다. 구름이 흘러가고 새들이 날아간다. 그런 아이를 보고 있노라면 나 또한 마음이 말랑해져 폭신한 잔디에 누워 있는 아이들이 꼭 그림같이 느껴진다. 남편이 얘기했다.

"훗날 돌이켜보면 우리 지금이 가장 행복했었다고 감히 말할 수 있지 않을까."

하루 종일 고춧대를 정리하고 남은 고추를 따고 나무에 달린 몇 알의 모과와 늙은 호박을 수확하고 그동안 미뤄뒀던 가을걷이를 끝낸 날이었다. 몸은 고되고 쉴 틈 없이 바빴지만 마음은 그 어느 때보다 여유로웠던 그 날, 잔디에 누워 있는 아이들을 바라보았다. 더 많이 감사하며 살고 싶다고 느꼈던 날, 몸은 너무 고되지만 행복한 하루였다.

요즘 아이들은 씨앗을 직접 발아시켜서 모종을 만드는 일에 푹 빠져 있다. 호박, 옥수수, 통통가지, 그린빈, 껍질콩까지 종류도 다양하다. 꺾꽂이, 물꽂이로 뿌리를 내려 모종을 만드는 일도 한동안 한참 하더니, 식물을 가꾸고 돌보는 일에 저렇게 지극정성일 수가 없다.

생명이 움트고 숨 쉬고 자라나듯 아이들의 삶도 풍성하게 자라 꽃을 피우겠지. 아이들이 꿈을 꾸며 살아가는 작고 좁은 정원에 이야기들이 가득하다.

남양주까지 왔으니 숲 유치원이 좋겠어

둘째가 유치원 갈 나이가 되었던 무렵의 이야기다. 집 주위에 딱히 보내고 싶은 곳이 없었던 난 아이가 5세가 되어도 마음이 움직이지 않았다. 나를 대신해 남편은 아이가 다닐 만한 곳을 찾아보는 듯했다.

"제다를 숲 유치원에 보내는 건 어떨까?"

남편의 이야기에 귀가 솔깃했다. 남양주까지 이사 왔는데 서울에선 마음만 있었을 뿐 하지 못했던 숲 교육을 하는 곳을 찾아보면 좋을 것 같다는 이야기였다. 남편의 제안이 마음에 콕 와서 박혔다.

첫째가 어릴 땐 우리의 선택지에 없던 일이었다. 도시에 살며 숲과 자연은 늘 그리워만 하던 곳이었는데, 잊고 있었던 예전 기억들이 소환됐다. 막막하던 아이의 교육에 초록불이 켜진 순간이었다. 자연을 가까이하기에 너무 좋은 환경이었던 것이다.

그렇게 해서 첫째 예다의 픽업 길에 위치한 숲 학교를 찾아냈다. 단지 예다의 학교 가는 길에 있어서, 숲 교육을 하는 곳이어서 선택하게 된 곳이었다. 별 고민 없었다. 꼬불꼬불 잘 포장된 산길을 따라 올라갔다. 숲 학교다운 위치였다. 나무로 지어진 멋지고 특이한 건물 외관은 학교에서 이루어지는 생활과 교육의 내용을 대변해주는 듯했다.

그곳에서 만난 학부모들의 얼굴이 참 편안해 보였다. 그곳에서 지내는 아이들도 자유로워 보였다. 종교가 없는 나로선 기독교 타이틀이 조금 마음에 걸렸지만 큰 문제로 느껴지지는 않았다.

그렇게 제다는 5세 유치부 막내가 되었다. 입학생은 단 세 명. 기존에 다니던 7세가 된 형 두 명과 함께 다섯 명의 유치부로 구성된 아주 작고 귀여운 숲 학교였다.

엄마 품을 처음 떠나게 된 제다는 정말 별 어려움 없이 학교에 잘 적응했다. 엄마처럼 따뜻한 선생님과 집처럼 편안한 학교의 분위기는 부끄러움 많은 제다도 거부감 없이 적응할 수 있는 환경이었다.

집에 오면 옷은 늘 흙투성이였다. 빨래가 아주 많아졌다. 장화를 신고 하루 종일 숲과 자연을 누비고 다녀서 레인부츠는 제다의 트레이드마크가 됐다.

학부모가 참여하는 수업도 즐거웠다. 한 달에 한 번 학부모 모임을 통해 교육의 시간도 가졌다. 주기마다 가든파티, 달빛운동회, 바자회 등 여러 행사들로 학교와 학부모와 더 가까워지는 시간을 보냈다.

아이들은 한 달에 한 번 숲살이를 한다. 숲에서 하루 잠을 자는 날이다. 숲에 둘러싸인 학교에서 자는 날이라고 해야겠지. 매달 아이는 엄마 품을 떠나 조금씩 더 씩씩해졌다. 뜬눈으로 밤새 뒤척이던 나도 달을 보내고 해를 보내며 아이를 조금씩 내 품에서 떠나보내는 연습을 했다. 별것 아닌 것 같지만, 많은 밤들이 모여 정말 한 뼘씩 자라는 아이와 내가 보였다.

여행도 참 많이 다니는 학교다. 노랑 버스를 타고 어디 안 가본 곳이 없다. 몸으로 직접 경험하고 체험하는 공부는 아이에게 정말 확실한 본인만의 무엇이 되었다.

언젠가 제다는 학교 여행으로 수원화성에 다녀온 적이 있었다. 역사에 관심이 많은 제다는 수원화성에 대해 학교에서 공부하고 떠난 여행이 아주 즐겁고 재미있었다. 그런 제다에게 누나가 질문을 하고 둘의 대화가 너무 재미있었던 적이 있었다. 그날은 예다의 검정고시가 있던 날이었다.

초등검정고시는 비록 예다가 걱정할 수준의 시험은 아니었지만, 그래도 긴장되고 떨리는 건 어쩔 수 없었다. 시험을 치고 나온 예다를 대견하다며 마음으로 위로해주던 시간에 집으로 돌아오는 차 안에서 예다가 제다에게 질문을 했다.

"제다야 수원화성은 어느 왕 때 만든 거야?"

"조선 시대 정조잖아!"

"읔, 처음에 적은 거 고치지 말걸."

"누나는 뭐라고 했는데?"

"세종."

"흐흐흐, 수원화성이 왜 세종이야. 정조 때 만든 거잖아. 정조의 할아버지가 영조잖아. 정조의 아버지 사도세자는 뒤주 속에서 죽었대. 너무 슬프지 않아? 근데 누나, 정조를 정말 몰랐어?"

"넌 내가 여기 숲 학교 오기 전에 수원 여행 갔었잖아. 나도 갔더라면 이 문제 쉽게 맞췄을 텐데. 아쉽다. 내가 숲 학교 오자마자 코로나 때문에 제대로 여행도 못 다녔어."

유치원생에게 질문하고 부끄러워하지 않는 예다도 재밌고, 누나의 질문에 대답하고는 으쓱해 하는 제다도 재미있었다. 서로에게 배우는 시간, 둘은 그런 배움의 자세를 학교에서 배웠다.

코로나로 대부분 학교의 등교가 중지되었던 해에도 멈추지 않는 일상에 참 감사한 시간이었다. 1년 중 여름과 겨울 2주씩의 방학을 제외한 한 달여의 시간을 빼고는 모두 등교했다. 작은 학교의 장점이 극대화된 지난 두 해였다.

이제 햇수로 5년 차를 맞이하고 초등부가 된 제다는 확실한 숲 학교 학생이 되었다고 말할 수 있을 것 같다. 동생들에게 애정 어린 관심을 쏟고 누나, 형들과 배움을 주고받으며 하루하루 잘 성장하고 있다. 학교에서 보내는 시간이 참 행복하다고 말하는 제다다. 그것만으로 충분하다.

"할아버지, 저 병아리 좀 주세요"

"할아버지, 저 병.. 병아.. 리.. 병아리... 좀 주세요."

들릴 듯 말 듯 작은 목소리였지만 정말 큰 용기가 담긴 한마디였다. 올해 여덟 살이 된 제다는 얼마나 수줍음이 많은지 나를 똑 닮았다. 옆집 할아버지 댁 마당에 병아리가 돌아다니는 걸 알게 된 그날부터 옆집 마당이 보이는 곳에 의자를 가져다 올라가 담벼락과 한 몸이 된 지 이미 수일이 지난 어느 날이었다.

제다의 병아리 타령에 괴로워진 나는 옆집 할아버지께 다시 한 번 부탁드려보라고 타일렀다. 다시 한번이라는 말엔 이미 몇 번의 과거가 있었기 때문이다.

대문으로 가서 벨을 누르고 이야기하는 건 너무 부끄럽다며 오늘도 어김없이 마당의 의자를 옮겨다 담장 옆에 붙였다. 오늘은 결연한 의지를 다짐한 듯 의자를 딱딱한 바닥에 가져다 놓고 올라가

허리 꼿꼿이 세우고 눈을 부릅뜨고 할아버지를 기다리며 자리를 잡고 서 있었다. 대답을 듣기 전엔 철수할 생각이 없다는 듯 제다의 표정은 비장했다.

한참을 서 있더니 드디어 할아버지께서 마당에 나오신 듯했다. 담 위로 빼꼼히 머리가 나와 있는 제다를 보셨다. 결연한 의지는 어디 가고 제다는 부끄러움에 말도 못 꺼냈다. 첫 번째 시도는 실패였다. 죄송하게도 할아버지가 담 넘어 넘겨주신 토마토랑 가지만 받아왔다.

실은 그동안 두 번이나 할아버지께 유정란을 얻어다 부화기에 넣었었다. 몇 번의 과거가 모두 실패로 돌아갔던 슬픈 경험이 있다. 병아리까지 함께하기에는 마음의 준비가 덜 된 나의 마음이 닿은 걸까. 아니면 아이들이 계란마다 써 놓은 닭봉이, 닭찜이, 닭도리, 치킨이, 통닭이라는 이름처럼 슬픈 운명의 길을 가고 싶지 않아서였을까.

기계의 힘으로는 병아리와의 만남이 어렵겠다고 판단한 제다는 언젠가부터 할아버지께 계란이 아닌 병아리를 얻어 볼 계산을 마쳤던 것이다. 다시 한번 더 도전했다. 용기와 의지는 가득하지만 기어들어가는 목소리는 여전했다. 할아버지께 들릴 듯 말 듯 속삭였다.

"할아버지, 저 병.. 병아.. 리.. 병아리... 좀 주세요."

기어들어가는 목소리였지만 할아버지는 냉큼 알아들으셨다. 제다의 간절한 눈빛을 읽으셨나 보다. 지금 품고 있는 알들이 깨어나면 병아리를 주겠다고 말씀하셨단다. 제다는 기대에 부풀어 들뜨고 흥분된 표정을 감추지 못했다.

할아버지가 건너와 병아리 구경하라는 말씀에 그제야 의자에서 내려와 옆집으로 한달음에 달려갔다. 마당 한구석에 자리 잡고 있는 커다란 닭장엔 열 마리 정도 닭들이 있었다. 수탉, 암탉, 청계, 오골계 등 이것저것 알려주시는 이야기를 들으며 닭장 세계를 엿봤다.

제다는 이제 막 알을 품기 시작한 암탉을 지켜보며 머릿속으론 21일 후의 날짜를 세었다. 제법 셈이 빠르다. 하루하루 얼마나 간절한지 옆에서 지켜보는 내가 조바심이 날 정도였다. 오늘 며칠이지? 이제 며칠 남았지? 눈만 뜨면 내뱉는 제다의 첫 마디였다.

그러던 어느 날, 드디어 올 것이 왔다. 골목을 지나가는 우리 목소리를 듣고 대문을 열고 나오시더니 "병아리 줄까?" 하신다.

"네! 네! 좋아요! 네! 네!"

나의 마음과는 상관없다는 듯 제다는 그렇게 대답을 해버렸다. 상자에 이불까지 넣어 모이와 함께 전해주신다. 감사하고 고맙지만 한편으론 이걸 어찌 해야 하나 걱정이 앞선다. 내 마음을 아셨는지 "좀 크면 다시 데려다 놔도 돼." 하신다. 아이들이 과연 그러자 할까 싶지만 알겠다는 답을 드리고 주섬주섬 상자를 들고 집으로 돌아왔다.

작고 여린 생명은 너무 귀하고 예뻐서 쉽게 손이라도 탈까 만지지도 못하겠다. 그렇게 병아리는 우리의 식구가 되었다. 이름은 노랑이와 검정이. 박노랑, 박검정이란다. 왜 죄다 박 씨인 것이냐.

그날 이후 할아버지는 우리 집과 맞닿아 있는 담 밑으로 사다리를 붙여 놓아두셨다. 언제든지 넘어와 마당 구경하라고. 할아버지와 대화하고 싶어서 매번 매달려 있는 제다를 보고 마음 써주신 할아버지만의 대화법이었다.

그래서 예정에 없던 닭장을
만들게 되었다는 슬픈 이야기다

눈만 뜨면 병아리를 확인하는 일상이 시작됐다. 그러던 어느 날, 외출하고 돌아온 후 마당에 나가 상자의 병아리를 확인하던 둘째가 갑자기 소리를 질렀다. 너무 놀라 뛰어 나가보니 까망이가 벽돌 사이에 거꾸로 누워 있는 게 아닌가.

제다는 울음을 참지 못하고 어쩔 줄 몰라 했다. 상자를 탈출해 잔디에서 노는걸 지켜본 지 불과 몇 분이 채 지나지 않았을 때였다. 죽은 줄만 알고 너무 무섭고 두려운 마음에 벽돌에서 꺼내지 못한 채 발만 동동 굴리며 아빠가 오기를 기다렸다.

10여 분의 시간이 지나고 벽돌 사이에 꼼짝없이 끼어 있던 까망이를 꺼내어 상자 안에 넣었다. 간신히 가쁜 숨만 몰아쉬며 누워 있었다. 아이들은 하루 종일 우울하고 슬픈 마음을 간신히 참아내는 듯했다. 밤이 되어도 까망이는 여전히 그 자리에 그대로 누운 채 고통의 시간을 보내고 있었다.

"얘들아, 우리 이제 그만 까망이 보내주자. 너무 고통스럽고 힘들어 보여. 얼마나 아프고 괴롭겠어. 우리가 마음을 정리하고 보내주는 게 어떨까."

아이들의 대성통곡이 이어졌다. 아이들의 울음에 내 마음에도 눈물이 터져 나왔다.

"아빠, 절대 안 돼. 어떤 생명도 그렇게 우리가 함부로 할 수 있는 거 아니야. 그건 절대 있어서는 안 되는 일이야."

아이들 입에서 아주 거창하게도 안락사라는 단어까지 흘러나왔다. 절대로 우리가 쉽게 결론 내리지 못할 문제라는 이야기로까지 이어졌다. 아이들은 슬픔을 주체하지 못하고 우리도 아이들의 마음을 어쩌지 못했다.

그렇게 우리는 까망이를 좀 더 지켜보기로 결정하고 기다림의 시간을 가지기로 했다. 다만 헤어짐의 시간이 다가오고 있으니 그 이후의 마음에 대한 이야기를 나눴다. 까망이가 가장 좋아하던 공간에 묻어주고, 가기 전까지 마음 다해 기도해 주기로.

그렇게 무거운 밤의 시간을 보내고 아침에 일어나 상자로 달려간 아이들은 또 소리를 질렀다.

"엄마, 아빠! 까망이 죽지 않고 살아 있어! 깨어났어! 일어나 있어!"

까망이는 어제보다 훨씬 나은 모습으로 일어나 앉아 있었다. 눈물이 찔끔 났다. 아이들의 표정에 기쁨이 흘러넘쳤다.

'아마 오늘의 이 순간은 우리 가족 모두에게 평생 잊지 못할 장면이 되지 않을까.' 생각했다.

아이들은 정성을 다해 물을 먹이고 계란을 삶아다 노른자를 으깨 먹였다. 조금씩 회복되어가는 까망이를 보며 희망을 느꼈다.

지옥과 천국을 오갔던 주말 아침의 풍경을 난 아마 오래도록 잊지 못할 것 같다. 아이들은 하루 종일 까망이에게서 눈을 떼지 못했다. 그래서 그렇게 예정에 없던 닭장을 만들게 되었다는 슬픈 이야기다.

아이들의 마음, 천국과 지옥을 오가며 흘리던 눈물에 남편은 결국 마음이 동하여 없던 공간을 쥐어짜내고 이리저리 고민하기 시작했다. 그리고 창고에 있던 각목을 주섬주섬 찾아다 재단과 못질을 하고 철망을 덧대어 작고 아담한 박스 크기의 닭장을 만들었다.

결국엔 이렇게 되었다. 아이들은 더운 날씨도 아랑곳없이 아빠 옆에서 같이 못질을 하며 종알종알 애교를 떨었다. 닭과 함께하는 마당놀이가 앞으로 이어질 수 있음에 아이들은 너무 행복해했다.

하루 동안 조금 기력을 회복한 까망이는 아침보다 제법 목도 가누고 서 있는 시간도 길어졌다. 마당에서 벌레며 지렁이며 잡아다 보양식으로 먹이겠다는데 잡아서 먹이려는 족족 까망이를 제치고 노랑이가 채갔다. 하루 새 몸집 크기 차이가 더 많이 난다며 까망이를 향한 안타까운 마음을 놓지 못하고 밤이 저물 때까지 아이들은 병아리와 함께했다.

조금 마음을 놓고 밤을 보냈다. 다음 날 새벽부터 눈이 떠진 예다는 1층으로 내려가 병아리부터 확인하는 듯했다. 아직 자고 있는 내게 와서 울먹이며 까망이 상태를 전했다.

"엄마, 어떡해. 까망이가 이상해. 목이 돌아간 채 누워 있어. 어떡해. 어떡해."

밤사이 또 무슨 일이 있었던 걸까. 어제 하루 종일 회복하느라 너무 많이 애를 쓴 탓일까. 끈질긴 생명력에 감탄하고 놀라워하고 있었는데 이제 여기까지인 걸까. 눈물이 멈추지 않는 예다에게 뭐라고 얘기해줘야 할지 몰라 내 마음도 아팠다. 너무 슬퍼하는 아이에게 적절한 위로의 말을 찾지 못한 채 1층으로 같이 내려가 상태를 확인했다.

한참을 망설이는 예다에게 다시 한번 일으켜 세워보자 했다. 예다가 조심히 두 손으로 감싸 안아 올렸다. 그랬더니 조금씩 목을 돌리고 다리를 세우고 몸을 일으키는 게 아닌가. 부리 가까이 물을 가져다 먹이고 모이를 손에 놓고 먹이니 너무너무 잘 먹는 거다.

목이 돌아가서 잘 조준이 안 되어 먹는 양이 너무 없어서 힘이 없었던 걸까. 목을 축이고 한참을 모이를 먹어대더니 얼마의 시간이 지나 조금씩 걷기 시작했다.

새벽부터 몇 시간 동안 병아리를 돌보고 아이들은 웃으며 등교했다. 다녀올 때까지 무사히 있을까 걱정 반, 두려움 반의 마음을 품고서. 하루 종일 가족 모두 밖에 있을 텐데, 오늘 날씨도 많이 더울 텐데, 걱정은 끝이 없지만 삐약거리며 모이도 물도 잘 먹는 까망이를 확인했으니 조금은 안심하는 눈치였다.

며칠 사이 아이들은 생명에 대한 마음이 부쩍 더 커진 듯했다. 생명을 귀하고 소중히 여기는 그 작고 여린 마음이 오랜 시간 유지되면 좋겠다고 나는 생각했다.

노랑이와 까망이는 가족의 사랑을 먹고 쑥쑥 자랐다. 하루가 다르게 커가는 닭들은 아이들에게 반려동물로 자리 잡아 사람을 무서워하지도 않고 애교 많은 친구가 되었다. 닭들의 크기가 커지면서 더 큰 집을 새로 지어야 하나, 더 크기 전에 옆집에 다시 돌려드려야 하나 고민의 연속이었다.

아이들은 알을 낳을 때까지는 어떻게든 데리고 있어야 한다며 이전과는 요구하는 조건이 또 달라졌다. 옆집 할아버지께 돌려드리자는 말에 기겁을 하고 반대를 해대는 통에 결국 아빠는 아이들 성화에 못 이겨 다시 또 조금 큰 닭장을 짓기로 결정했다.

집을 지은 지 3년 만에 우리 집 마당엔 결국 큰 닭장이 들어서고야 말았다. 냄새나고 시끄럽고 감당이 안 될 것 같아 미루고 미뤘던 일이었다. 알을 낳을 때까지라지만 알의 맛을 보면 돌려드린다는 건 더 어려워질 일이었다. 체념을 하고 마음의 준비를 하고 집에 있던 재료로 남편은 나무 재단을 시작했다.

3층인 우리 집 모양을 본떠서 닭장도 비슷한 모양으로 구상했다.

만들다 보니 생각보다 규모가 커졌다며 남편은 울상이었다. 크기를 잘못 주문했던 특대 사이즈 모이통을 생각해서 그런 것 아니냐며 나는 놀려댔다.

3층엔 홰를 고정시키고 2층엔 알을 낳을 작은 공간을 따로 만들었다. 1층엔 건초를 깔고 모이통과 물통을 가져다 놓았다. 1, 2, 3층을 오르락내리락, 정말 펜트하우스가 따로 없다. 아이들 모습과 닮아서 조금 웃음이 났다.

아이들은 너무 신났다. 언제쯤 알을 낳을까 기다리고 기대하는 모습에 나도 덩달아 마음이 부풀었다. 걱정은 내려놓고 이젠 정말 닭과 공존의 삶을 인정해야 할 듯하다. 일이 너무 커졌다.

닭 입양

"꺅!"

예다의 흥분된 목소리에 단번에 직감했다.

'알이구나!'

흥분과 기쁨의 목소리였다. 기다리고 기다리던 마당 방사 유기농 계란 한 알이 우리에게 왔다. 작고 여린 조그마한 알은 너무 큰 신기함과 감동을 가져다주었다. 병아리 시절부터 애지중지하며 손에 올리고 어깨에 올려서 놀아주던 시간이 지나 이젠 제법 살도 오르고 통통해져 아기 티를 벗은 지 한참의 시간이 지난 후였다. 언제쯤 알을 낳을까 기다리고 기다리던 끝에 드디어 알의 날이 온 것이다. 암탉은 너무 작고 뽀얀 알을 낳았다. 알은 너무 소중하고 신기해서 우리는 다 같이 기쁨의 환호를 질렀다.

작고 뽀얀 알을 깨보니 노른자가 정말 탱글탱글 짙은 노랑색이었다. 흰자는 오히려 맑고 물 같았다. 소중한 알을 하루에 한 알, 이틀에 한 알씩 낳았다. 그렇게 한 알 한 알이 소중하고 귀해서 우리는 잘 먹지도 못했다. 먹기엔 마음이 불편했다. 깨끗하고 싱싱한 계란, 그것도 날달걀이 그렇게 먹고 싶어서 키우기로 했던 처음의 마음은 이미 저만치 사라지고 난 뒤였다.

알 껍질을 깨고 병아리가 나올 법한 느낌이 가득 찬 알들이었다. 알을 깰 때마다 병아리가 들어 있을지도 모른다는 생각에 움찔거렸다.

알을 처음으로 마주했던 날, 제다는 또 옆집 할아버지께 자랑하고 싶은 마음에 담벼락에 붙어 섰다. 알 자랑도 하고 그간 궁금했던 것도 여쭤보았다.

사실 우리의 기대와는 다르게 까망이가 조금씩 점점 사나운 수탉으로 변신해 가고 있었기 때문이다. 노랑이를 괴롭히고 아이들의 발도 쪼아댔다. 귀엽고 사랑스럽던 까망이는 아이들에게 공포의 대상이 되어 있었다.

"수탉이 암탉을 너무 괴롭혀요. 암탉이 너무 불쌍해요. 너무 사나운 거 같아요."

"암탉이 한 마리밖에 없어서 그래. 많이는 못 키워도 암탉이 더 있어야 하는데."

"어디서 암탉을 구할 수 있을까요?"

"오일장 한 번 가 봐."

자세히 길까지 안내해주셨다.

며칠 후 제다는 할아버지와 또 담장 너머로 수다를 떨었다.

"오일장 가봤어?"

"아뇨. 조류 독감 때문에 못 갔어요."

"암탉 한 마리 줄까?" 하시는 물음에 제다는 얼른 고개를 끄덕이고는 나에게로 달려왔다.

"엄마! 옆집 할아버지께서 암탉 한 마리 주신대!"

그렇게 아무런 준비 없이 담장 너머로 넘겨받은 암탉 한 마리는 리니를 마주하고야 말았다.

너무 놀라고 무서워서 날개를 푸드덕거리던 암탉을 놓쳐버린 아이들은 한바탕 마당에서 난리가 났다. 리니는 새로운 암탉을 쫓고 암탉은 도망 다니느라 마당을 거의 날아다녔다.

'닭도 저렇게 하늘을 날 수 있구나.'

정신 못 차리던 사이 옆집 지붕으로 날아 올라간 암탉은 지붕 위를 걸어 다니다 자리를 잡고 앉았다. 동네 할아버지들이 구경을 오셔서는 "조금만 기다리면 내려올 테니 걱정 마. 곧 내려올 거야."라며 근심 가득한 아이들에게 쿨한 위로 말씀을 남기시고는 자리를 떠나셨다.

예다는 그래도 걱정이 되는지 기다란 전지가위를 가져다 닿지도 않는 거리의 암탉을 살살 건드려보았는데 깃털이 살짝 닿아 놀란 암탉은 다시 또 하늘을 날아 마당을 지나 담장을 넘어 집 앞 공터로 날아가 버렸다.

순식간에 일어난 황당한 사건에 암탉은 실종되고, 날은 추운데 찾지 못하면 얼어 죽는 것 아닌가, 날은 어두워지는데 어쩌나. 온 동네를 쫓아다니며 암탉 찾기에 나섰다.

한참의 시간이 지나고 풀숲 구덩이에 숨어 있는 암탉을 찾아냈다. 어찌나 꽁꽁 잘도 숨어 있던지 얼마나 무서웠을까 싶어 마음이 짠했다.

할아버지께 일단 다시 돌려드리고 어두워진 후 닭장에 합사시킬 때 데려가겠다고 말씀드렸다. 한바탕 소동이 끝나고 아빠는 퇴근하고 모두 다 함께 오늘 있었던 일들을 좋알거리며 이야기하고 있는데 딩동! 벨이 울렸다. 할아버지께서 직접 암탉을 들고 문 앞에서 계신 게 아닌가.

"지금 어두울 때 닭장에 넣어야 해."

남편이 퇴근하는 걸 눈여겨보고 계시다가 바로 암탉 날개를 잡아채 현관으로 가져오신 거였다.

"암탉 한 마리보단 나을 거야."

고맙고 죄송한 마음에 우리는 또 안절부절못했다. 우리가 드릴 수 있는 거라곤 고작 돈 주고 산 먹거리뿐이었다. 귀하고 소중한 할아버지 마음에 비해 너무 초라하게 느껴지는 보답이었다. 우리가 차마 갚지 못할 감사해하는 마음이 할아버지께도 전해지면 좋겠다고 생각했다. 아마 짐작은 하시겠지. 우리가 고마워한다는 걸.

그렇게 믿고 싶다.

그렇게 우리 집으로 오게 된 암탉을 조심스럽게 닭장 안으로 입장시키고 암탉 두 마리와 수탉 한 마리로 닭장 식구는 셋이 되었다. 잘 적응하기를 바라는 마음으로 닭장 앞에서 마음 졸이며 가족 모두가 한참을 지켜봤다.

지금의 까망이는 늠름한 수탉이 되어 새벽이고 낮이고 시도 때도 없이 우렁찬 울음을 울어댄다. 닭장의 세계에서 대장 노릇하고 닭들을 호령하며 아주 잘 살고 있다.

식구도 일곱 마리로 늘었다. 암탉들은 그동안 두 차례 알을 품었고 여섯 개의 알이 부화됐다. 그중 우리는 네 마리의 병아리를 다시 또 만났다. 슬프게도 두 마리는 지켜내지 못했다. 작고 여린 생명은 마주할 때마다 늘 새롭게 감동스러웠다.

오래전 시작된 스펙터클 병아리 동행기는 닭장 이야기로 이어져 지금도 시끄럽고 요란하게 진행 중이다.

Chapter 4.

마당생활자로
살아가다
2

계란에 관한 긴 토론

아이들에게 '새벽마다 계란을 확인하는 중요하고도 새로운 일상'이 추가되었다. 눈만 뜨면 아이들은 열일 제쳐두고 '밤새 알을 낳았나' 계란을 확인하는 것부터 일과를 시작했다. 아침형 인간과 저녁형 인간의 묘한 경쟁이 시작되는 순간이었다.

둘째 제다는 평소에도 일찍 일어나는 부지런한 어린이였는데 계란을 확인하는 재미에 새벽마다 잠을 설치고 해도 뜨지 않은 어두컴컴한 시간에 일어나 옷을 주섬주섬 챙겨 입고 테라스 문을 열고 나섰다.

늦잠꾸러기 예다는 먼저 나가서 알을 확인하고 싶지만 부지런한 동생을 당해낼 수 없고 나조차도 사진이라도 한 장 찍어 기록으로 남기고 싶지만 몸을 일으키기도 힘들다. 조금만 더 자고 일어나자고 달래고 으르고 협박까지 해보아도 계란 확인하는 재미를 꼭 느끼고 말 거라는 의지 불끈한 제다를 당해낼 수는 없었다.

제다는 새벽부터 아침까지 알이 있을 때까지 몇 번이고 닭장을 찾았다. 발판을 밟고 올라서서 닭장의 알통을 수시로 문을 열고 닫기를 반복했다. 발판과 문이 달려 있는 알통은 아직 키가 작은 제다를 위해 아빠가 만들어 준 작품이었다. 아늑한 알통은 암탉들의 좋은 쉼의 공간이었다. 제다는 아침 동안 몇 번이나 그곳에 숨어 있는 알이 없나 손을 넣어 지푸라기를 헤집었다.

"제다야, 닭들이 알을 낳는 게 정말 너무 신기하다. 그치? 엄마도 그런데, 너는 얼마나 신기하고 재미있겠어. 그러니 이렇게 새벽마다 저절로 눈이 떠지고 추운 날씨에 옷 챙겨 입고 나가는 거겠지. 이 순간이 엄마는 얼마나 귀하고 소중한지 알지. 우리 제다가 크면 엄마가 찍어 놓은 사진을 보면서 옛날 일들을 추억할 수 있을 거야. 너무 귀여운 너, 너무 신기한 암탉들, 작고 여린 알들, 모두 모두 너의 유년 시절의 행복한 추억으로 기억되겠지. 그래도 암탉들이 알을 낳을 조용한 시간은 좀 주는 게 좋지 않을까? 새벽이고 아침이고 몇 번씩 문을 열고 지푸라기를 헤집고 알을 찾아대면 알을 낳기도 품기도 쉽지 않을 것 같아. 조용히 기다려 줄 수 있는 너의 마음을 기대할게."

제다에게 당부와 부탁을 길게 연설했다.

이후에도 새벽 계란 업무는 제다의 독차지였고 좀처럼 바뀌지 않았다. 하루는 예다가 먼저 이야기를 꺼냈다. 계란에 관한 긴 토론의 시작이었다. 처음 시작은 계란을 가지러 가는 시간에 관한 것이었다. 새벽마다 일찍 일어나서 매번 혼자서만 계란 확인을 하는 제다를 당해낼 수 없는 예다는 시간을 정하는 것이 좋겠다는 제안을 했다. 겉으로 보기에는 공평해 보이는 그럴듯한 제안이었지만 이후에 이어진 토론에서 이 이야기가 그렇게 쉽고 간단한 문제가 아니라는 걸 알 수 있었다.

그동안 계란에 대한 애착과 애정이 복잡하게 얽혀 복합적인 사건을 만들고 있었다. 계란을 닭장에서 확인하는 것부터 계란 판에 넣어 관리하는 것까지 아이들이 하고 싶은 내용과 하지 못해 아쉬웠던 내용들이 모두 쏟아져 나왔다. 내가 미처 예상치 못했던 상황들이었다.

'누가 계란을 가져올 것인가, 가져온 계란은 누가 가질 것인가'에 관해 치열하고도 재미있는 토론이 벌어졌다. 새벽에 일찍 눈이 떠지는 제다는 정해진 아침 시간까지도 기다리기 힘든 아직 어리기만 한 유치원생이었다. 아침에 정해진 시간까지도 일어나기 힘든 예다는 약속 시간 이후에 차지하게 되는 계란의 개수에 민감한 잠이 많은 소녀였다.

둘의 대화는 서로의 이야기에 귀를 기울이며 조금씩 합의점을 찾아갔다.

"내가 이렇게 이야기하면 '에이, 그게 뭐야'라고 하지 마." 애교 섞인 말투로 제다는 자신의 생각을 조근조근 이야기했다. 예다 또

한 제다의 이야기를 듣고 "아, 네가 원하는 게 이런 거구나."라고 대답했다.

제다 또한 누나가 어떤 것을 원하는지 듣고는 고개를 끄덕였다. 아이들이 자신의 의견을 이야기하고 서로 조율하고 타협점을 찾아가는 모습이 대견하고 기특했다. 서로에 대한 이해의 마음만 조금 더해진다면 더 바랄 것이 없었다.

아이들의 모습에서 나의 모습을 돌아보았다. 남편과 내가 의견을 조율하는 모습을 되돌아봤다. 자신의 의견만 주장할 것이 아니라 상대방의 이야기에 귀를 기울이는 것. 그것이 대화의 시작점이겠지.

서로에게서 배워가는 이 시간이 너무도 소중하고 귀했다. 내가 원하는 교육이자 꿈꾸던 삶이 아닌가. 나와 다른 이의 생각을 듣고 나의 생각을 꺼내고 우리가 함께 잘 살아가는 이야기를 나눌 수 있는 일.

장장 1시간 가까이 이어진 토론이었다. 아이들은 계란으로 이렇게 긴 토론을 할 수 있다며 스스로 놀라워했다. 아이들에게도 소중한 시간이었으리라 생각된다. 계란판은 각자의 것을 만들어 관리하기로 했다. 누나가 독차지하던 일들을 늘 부러워하던 제다는 아주 만족스러운 눈치였다.

하루에 낳는 계란의 총 개수를 보고 본인의 순서의 시간에 없었던 계란은 다시 나누기로 결정했다. 물론 계란을 가지러가는 순서와 시간도 정했다. 계란이 깨졌을 경우, 계란이 없었을 경우, 여러 경우의 수에는 계란을 어떻게 나눠 가질 것인가에 대한 이야기도 나눴다.

일단 잠정적으로 합의된 계란에 관한 약속을 지켜봐야 할 듯하다. 다시 또 토론이 벌어질 수 있으니 그 상황 또한 나는 반가운 마음으로 기다릴 것이다.

아빠는 만능맨

집을 짓고 난 이후에도 부족했던 공정을 채워야 했지만 그 인건비를 줄이는 방법은 남편의 노동력밖에 없었다. 준공이 끝나고 입주를 하고서도 우리만의 집짓기는 이제부터 시작된 것일 뿐이었다. 마당을 만들고 정원을 가꾸는 일에 남편은 온몸으로 뛰어들었다. 나의 간절함과 이루고 싶은 로망은 남편의 노동을 통해서 실현되었다고 해도 과언이 아니다.

입주 후 고된 노동으로 남편의 몸무게가 7킬로그램이나 빠졌다. 이사는 왔는데 새집에서의 여유로운 일상은 뒤로한 채, 퇴근하면 밥만 먹고 마당으로 직행했다. 밤늦은 시간 잠들기 직전까지 마당을 정리하고 정원을 가꿨다. 남편의 인내심과 끈기로 하루하루 마당의 시간은 쌓여갔다.

작고 보잘것없어 보이는 크기의 마당이었지만 일은 끝이 없었다.

흙을 돋우고 덮어 땅의 높이를 맞췄다. 벽돌로 계단을 만들고 비를 대비해 발을 딛을 벽돌 길도 놓았다. 나무를 심을 공간을 정하고 테두리에 벽돌을 쌓았다. 마당 한 귀퉁이 작은 공간에 나무로 테두리를 만들어 1평 남짓한 세 개의 텃밭도 마련했다.

철거하던 날 옛집 외장에 붙어 있던 벽돌을 한 장 한 장 주워 날라다 붙어 있는 시멘트를 다듬어 쌓아놓았었다. 그 벽돌은 집 앞의 길을 만드는 데 사용했다. 옛집에 사용되었던 재료를 사용하면 새집에 더 좋은 의미가 부여될 것이었다. 얼마나 공을 들이는지 몇 번의 실패를 거듭했다. 처음엔 실력이 부족해서 다음엔 마음에 들지 않아서 부수고 다시 깔기를 서너 번 반복한 후 그럴듯한 벽돌길이 만들어졌다.

집에 있는 모든 것은 수시로 손을 봐야 했다. 관리를 해줘야 집의 수명이 오래 갈 테니. 남편은 집에 관한 대부분을 손수 고쳤다. 모르는 것이 있으면 소장님께 여쭤보고 인터넷으로 공부도 하고 그렇게 조금씩 우리 집에 관해 더 자세히 알게 되고 더 전문가가 되어갔다. 문제가 생길 때마다 그렇게 원인을 파악하고 우리는 해결하고 늘 다시 일상으로 돌아왔다.

한번은 겨울 동안 문제가 있었던 마당의 수전을 땅을 파서 고쳐야 하는 상황이 닥쳤다. 더 이상 미룰 수 없다고 판단한 남편은 무덥던 어느 여름날, 땅을 직접 파기 시작했다. 수전의 벽돌을 깨고 땅을 파고 철물점에서 사 온 새로운 수전을 땅에 심었다. 땅속 깊이 기괴한 모습으로 거꾸로 몸을 욱여넣고 문제를 해결했다. 그 사이 남편은 수전 전문가가 되었다. 남편은 며칠을 고생하며 다시 땅을 덮고 벽돌을 깔고 마당을 정리했다.

"주택에 살지 않았더라면 하지 않았을 이 고생을 왜 해야 하는 걸까."

자조 섞인 농담을 하는 남편에게 위로의 말을 건넸다. 고맙고 미안한 마음이 앞섰다. 그리고 우리, 좀 더 다르게 생각하기를 권했다. 이것 또한 나의 삶을 가꾸는 한 방법이라고, 내가 살아가는 집의 구조를 파악하고 원인을 찾고 해결하는 이 모든 과정이 주택에 살며 우리가 우리의 삶에 좀 더 깊숙하고 자세하게 관여하고 적극적으로 임하게 됨이라고.

그래, 누가 시키지 않았다. 우리가 원해서 주택의 삶을 시작했고 우리가 원해서 좀 더 주체적인 삶을 만들어가고 있는 것이었다. 집수리의 모든 것은, 집을 직접 손본다는 것은 삶을 돌보는 일이었고 주체적인 삶과도 맞닿아 있었다. 그 과정 속에 시행착오도 겪는 것일 테고, 배움도 있을 것이다. 그것 자체로 가치가 있는 것 아닐까.

남편은 몸이 너무 힘들어서 내 말이 귀에 들리지 않는 듯했다. 하지만 그도 마음으로 느끼고 있겠지. 그러니 저렇게 온몸으로 뛰어들어 집을 가꾸고 삶을 가꾸고 있는 것이겠지. 그렇게 믿고 싶다.

우리만의 삶, 우리만의 가치, 우리만의 과정 속에서 더 많은 성장이 있는 것이라 믿는다. 물론 그 성장의 중심엔 남편의 노고가 있다. 너무도 감사한 마음이다.

빨랫줄과 마당영화관

빨랫줄에 광목천을 널었다. 동대문에서 끊어다 놓은 대폭광목이었다. 남편은 늘 집 영화관을 간절히 바랐다. 집에서 더구나 마당에서 넓은 스크린으로 영화를 보는 낭만적인 일은 우리의 계획 속에만 있었을 뿐 누구도 선뜻 실행시키지 못했다.

동생 지윤이와 조카 소이가 우리 집에 와 있던 6개월의 시간 동안 영화 이야기가 계속 나왔다. 평소에도 영화광인 지윤이는 본인의 집에서도 빔 프로젝트를 꽤 알아보던 중이었다고 했다.

실내에서 빔을 쏘아 보는 영화도 멋지지만 좋은 계절에 야외에서 보는 영화는 더 낭만적일 거라며 나를 제외한 영화광인 두 사람, 남편과 지윤이는 쿵짝이 맞아 이야기를 나눴다.

아파트에서 해보지 못하는 것들, 우리가 잊고 있던 것들을 함께 해보자는 제안은 나를 동대문으로 이끌었다. 동대문종합상가는 예다가 어린 시절 시간만 나면 찾았던 우리가 사랑하던 쇼핑 장소였다. 그 시절이 떠올라 광목을 핑계로 다시 동대문을 찾았다.

시중에 파는 스크린보다 천을 이용해서 나만의 스크린을 만들고 싶었다. 분위기에 맞게 어떻게 어떤 곳에 펼칠지 머릿속으로 구상하며 천을 떼 왔다. 생각만 하고 있던 일이었는데 동생과 함께 있으니 더 빨리 실행에 옮길 수 있었다. 주택에서의 경험을 마음껏 하게 해주고픈 언니의 마음과 아파트에 살면서 해보지 못했던 것들을 해보고 싶은 동생의 마음이 만나 시너지를 냈다.

남편은 퇴근하고 집에 돌아오면 열심히 빔을 검색했다. 여러 날을 알아보더니 당근마켓에 올라온 중고 빔을 구할 수 있었다. 이제 작은 마당에 스크린을 어떻게 펼칠지 고민이 이어졌다. 어느 쪽 벽에 붙여야 할까. 담장에 붙이면 되려나. 빔을 쏘는 위치와 관객이 앉을 곳을 생각해서 일단 마당에서 집을 향해 관객들을 앉히고 폴딩도어 유리에 스크린을 붙이기로 결정했다. 하지만 무거운 광목천은 여러 가지 방법으로도 유리에 쉽게 고정되지 않았다.

"여보, 빨랫줄에 널어볼까?"

"응, 괜찮을까?"

고백하지만, '어쩜, 너무 멋지겠다. 난 왜 그 생각을 못 했을까.'는 마음으로만 생각했다. 난 정말 칭찬에 너무 인색하다.

실은 빨랫줄도 우리는 아주 심혈을 기울여 고른 재료로 매달아 놓은 작품 아닌 작품 중 하나였다. 작품의 콘셉트는 '있는 듯 없는 듯'이라고나 할까. 흔히 철물점에 파는 질기고 튼튼한 흰색 노끈이 아닌 초록색 코팅 옷을 입은 철사줄이었던 것. 한동안 마당에 빨랫줄 없이 살았는데 초록초록 예쁜 풍경에 허여멀건 줄을 걸고 싶지 않은 내 취향 때문이었다. 뽀송뽀송 햇볕 머금은 이불과 빨래들이 그리워 다른 방법이 없나 고민하던 우리였다. 늘 그렇듯 남편은 덩달아 별것 아닌 나의 고민에 함께해주었다.

철물점을 방앗간의 참새처럼 드나드는 남편은 '빨랫줄 할 만한 튼튼하고 예쁜 색깔이 입혀진 줄이 있을까요?'라고 물어보는 게 순서였겠지만 이미 남편의 머릿속에 계획은 다 있었다.

"이걸 어디에 쓰시려고요?"

"빨랫줄로 걸려고요."

"이걸요?"

이미 안면 깊은 철물점 주인은 손님의 독특한 취향은 아직 파악하지 못하신 듯했다. 빨랫줄로 쓸 초록 코팅 철사를 구입하고 양쪽 철제 난간에 단단히 조여서 고정시킬 수 있는 제품도 함께 골랐다.

그렇게 있는 듯 없는 듯 설치되어 있는 초록색 빨랫줄 위에 빨래 집게로 광목천을 고정했다. 초록의 잎들과 빨강의 고벽돌에 더해진 뻣뻣한 광목은 더할 나위 없이 여름밤 분위기에 어울렸다. 스크린 뒤로 해는 뉘엿뉘엿 넘어가고 노을은 붉게 물들었다. 모기가 많아 오랜만에 불도 지폈다. 연기와 함께하는 마당영화관은 두둥 화면을 밝히고 오픈됐다.

올림픽 경기가 한참이던 때라 작은 컴퓨터 화면으로만 보던 경기를 큰 스크린에 비췄다. 티비가 없으니 이런 기쁨도 있구나. 아주 작지만 소소한 기쁨. 컴퓨터 모니터 앞에 옹기종기 모여 머리를 맞대고 볼 때도 재미있었지만 이건 또 다른 재미구나. 속 시원히 뻥 뚫린 큰 화면으로 경기를 지켜보며 우리는 열심히도 응원했다.

동생 지윤이와 조카 소이도 야외영화관의 영화를 흠뻑 즐겼다. 이제 주말이면 아주 가끔 불을 지피고 영화관을 오픈한다. 아이들과 함께 볼 수 있는 영화는 늘 애니메이션으로 국한되지만 무슨 영화인들 그게 중요하랴.

어두컴컴한 하늘 아래 불을 지피고 거기에 더해진 광목천 위 영상은 어떤 것이든 상관없다. 따뜻하고 아늑하고 평화로운 우리만의 마당영화관은 절찬 상영 중이다.

야외수영장

우리 집에서 6개월을 함께 살다 내려간 지윤이와 소이는 마당의 시간을 많이 그리워했다. 여름방학을 맞아 다시 놀러 오게 되었다.

"언니, 마당에 물놀이 어때? 애들 수영장 내가 사갈까?"

동생 지윤이는 평소에도 물놀이가 너무 간절한 소이를 위해 수영장 있는 펜션을 예약하고 휴가를 다녀오곤 했는데 여기서 물놀이하면 어떨까 하는 제안이었다.

사실 예다와 제다의 수영장 타령은 예전부터 있었다. 여름만 되면 수영장을 사자고 졸랐었는데, 마당은 너무 작고 테라스는 너무 좁아 엄두가 나지 않았다. 호스로 물을 뿌리고 등목도 하고 물총놀이하며 더운 여름을 지냈다. 그것도 너무 즐거웠다.

더구나 아이들이 다니는 숲 학교에 야외수영장이 있었다. 그것만으로도 감사하고 충분하다고 생각했는데 여름이면 날마다 물에서 놀다 왔지만 집에 오면 또 물놀이를 하고 싶다고 하는 거다. 물놀이의 욕구는 끝이 없었다.

중학생이 된 예다의 긴 방학을 처음으로 맞게 되고 소이도 놀러 온다 하니 방학 동안만이라도 실컷 재밌게 놀게 해주면 좋겠다는 생각으로 결국 줄자를 들고 테라스의 크기를 쟀다. 그리고 적당한 크기의 수영장을 주문했다. 그렇게 해서 몇 년을 고민하던 수영장은 지윤이의 말 한마디에 실행됐다. 테라스 위 어닝이 그늘막이 되어주었고 잔디도 상할 일 없으니 위치는 딱 좋았다.

아이들은 눈만 뜨면 수영장으로 직행했다. 예다의 반응은 처음엔 미지근했지만 막상 물놀이가 시작되면 재미있게 잘 놀았다. 덕분에 누나와의 놀이가 그리웠던 제다는 종알종알 수다를 실컷 떨고 물속에서 행복한 시간을 보낼 수 있었다.

소이도 방학을 맞아 일주일을 지내러 왔다. 방학이지만 어디 갈 수도 없어 답답했던 아이들은 물에서 에너지를 발산했다. 물속에서 놀다가 햇볕에 나와 몸을 덥혔다. 나무 아래 벤치에서 간식도 먹었다. 즐거운 아이들과 함께 우리도 조금은 몸이 편한 방학을 보냈다.

하지만 넓은 수영장 안에 물을 채울 때마다 마음이 불편했다. 물을 찾아 계곡과 바다로 떠나는 것이 낫지 않을까도 싶었지만 차를 타고 오고 가며 드는 비용과 만들어 내는 쓰레기를 생각할 때 이 방법이 더 나을 수도 있겠다는 생각으로 마음에 위안이 되는 나만의 핑곗거리를 찾기도 했다.

 내년이면 또 테라스에 수영장을 펼치게 될 거다. 당분간은 매년 이어지겠지. 테라스 위 수영장은 아이들에게 어린 시절의 특별한 추억으로 기억될 것이다.

꼬맹이들의 하숙집

아이들이 다니는 숲 학교에는 방학 동안만 열리는 캠프가 있다. '계절학교'라고 불리는 캠프에서는 기존의 재학생들과 함께 캠프를 신청한 학생들이 어울려 숲 교육 프로그램을 체험하고 즐기는 시간을 가진다. 평소에 숲 학교와 대안 교육을 궁금해하던 부모들은 아이들을 방학 동안 캠프에 참여시켜 숲 교육을 경험해 볼 수 있다.

아이들은 그야말로 자연을 흠뻑 느끼고 자연과 온전히 하나가 된다. 온몸으로 자연을 받아들이고 그 안에서 끊임없이 놀이를 이어간다. 숲을 헤집고 나무 사이를 지나다니며 자연물 놀잇감을 찾아낸다.

지난번 계절학교 테마는 〈인디언〉이었다. 자신의 키보다 더 긴 나뭇가지를 잘라다 차곡차곡 쌓아 멋진 티피를 완성했다. 숲 학교 아이들에게 톱질은 기본이다. 나보다 능숙하게 나무를 자른다. 숲에서 잘라다 옮긴 긴 나뭇가지에는 알록달록 예쁜 털실을 감고 아크릴 물감을 칠해서 너무도 아름답고 예쁜 티피를 완성했다. 멋진 티피 안에 쏙 들어가는 아이들의 모습은 정말 그림이 따로 없다.

잘라낸 작은 나뭇가지들로 멋진 모닥불 터도 만든다. 그냥 있어도 땀이 줄줄 흐르는 그 무더운 여름에 아이들은 지치지도 않고 모두 다 함께 작업에 참여한다. 중요한 건 이 모든 것들을 아이들이 해낸다는 것이다. 선생님은 옆에서 함께하며 활동을 지지해주실 뿐 지시와 지적은 없다. 고학년 언니, 오빠들을 필두로 동생들이 함께 어우러져 이 모든 일을 수행해낸다. 서로를 돕고 배려하고 이해하는 마음이 없다면 불가능한 일이다. 작은 공동체에서 아이들은 사회를 배운다. 진하고 깊은 관계를 이어간다.

밤이 되면 모닥불 앞에서 도란도란 이야기도 나누고 맛있는 저녁도 나누고 영화 감상까지 이어진다. 집으로 돌아온 아이들의 팔과 다리에는 모기에게 헌혈한 자국들이 가득하다. 캠프 마지막 날에는 학교에서 숲살이를 한다. 밤을 세워가며 수다를 떠는 숲에서 보내는 하루는 아이들에게 너무 행복한 기억으로 자리 잡는다.

아이들이 얼마나 행복하고 재미있어하는지 하나의 에피소드만 기록해보자면, 내가 하는 책 모임 친구의 자녀가 캠프에 참여했었다. 예다와 같은 나이의 남자친구였는데 숲살이를 하던 날 저녁, 팔이 아픈 걸 참았던 거다. 선생님에게도 친구들에게도 아프다고 말하지 않고 모든 시간에 함께하고 숲살이까지 하고 다음 날 집에 돌아갔다.

　그제야 엄마에게 팔이 아프다고 이야기하더란다. 그런데 팔이 그냥 아픈 게 아니라 부러진 거였다. 병원에 가서 깁스를 하고 한동안 치료의 시간을 보냈다. 그 친구 이야기로는 정말로 팔이 아픈 줄도 모르고 놀았다고, 새벽이 되어서야 팔이 아프더라고 이야기했다고 하니 얼마나 즐거웠으면 숲살이 못 하는 게 너무 아쉬워서 팔이 아픈 걸 참았다고 했을까 싶어 안쓰러운 마음이 들면서도 너무 놀랐던 기억이 있다.

　캠프는 방학 때마다 열렸는데 지금은 잠시 무기한 쉼의 상태다. 그 쉼의 상태 이전에 잠깐이지만 우리 집이 하숙집이 된 시절이 있었다. 지난여름, 그 기간에 우리 집에서 하숙을 하고자 하는 두 명의 어린이 손님이 있었다. 나의 여동생과 나의 친구의 자녀들이었다.

　늘 숲학교를 궁금해하던 내 동생과 내 친구는 본인의 아이들을 숲학교에 너무 보내고 싶어 했다. 대안교육에 관심 많은 두 명의 엄마는 당장이라도 이사를 하고 보내던 학교를 그만두고 아이를 보내고 싶어 하는 마음이 간절했지만 현실의 벽은 높았다.

　서울에 사는 친구는 일주일 동안 아이를 맡아주겠다는 나의 제안에 일주일치의 짐을 싸 들고 아이를 데려왔다. 대구에 사는 내 동생은 조카가 초등학교 입학하기 전에 6개월 단기 입학 코스를 예정하고 숲학교 입학을 위해 장기간 숙박을 위한 짐을 챙겨 올라왔다. 조카 소이는 방학이 되면 이모 집에 오기만을 오매불망 바라던 중이었다.

내 친구는 강남의 학군에서 워킹맘으로 산다. 아이를 키우며 일을 하는 엄마의 삶은 치열하고 분주하다. 우리는 서울에서 같은 대학을 다니고 비슷한 직장을 다녔다. 결혼해서도 근거리에 살며 비슷한 삶을 공유하던 친구였다. 어느 날, 도심 외곽으로 이사 와서 집을 짓고 살게 된 나의 이야기를 호기심 가득 궁금해했다. 아이들을 학교에 보낼 나이가 되고 우리의 수다의 주된 주제는 아이들의 교육이 되었다. 본인은 경험해보지 못한, 아이를 대안학교에 보내고 있는 나의 경험담을 아주 흥미 있어 했다.

내 동생은 대구에서도 교육열이 아주 치열한 학군에 위치한 아파트에 산다. 지금 입학한 학교에선 수업이 끝나면 아이들은 모두 학원 버스가 데리러 와서 아이들을 데려간다고 했다.

조카 소이가 초등학교에 입학하기 전 6개월의 시간이 남아 있었던 때였다. 잠깐의 시간이라도 숲학교를 체험해보길 원했다. 아이에게 오랜 시간 태블릿을 제공해서 영어를 학습하는 유치원을 벗어난 지 얼마 되지 않은 시점이었다. 집에서 가장 가까운 유치원을 보낸다고 한 건데 아주 많은 학습과 교육의 시간만 주어진 유치원이었던 것이다. 자연에서 하루 종일 신나게 뛰어다니며 놀다 오는 제다와는 주어진 환경이 많이 달랐다.

그렇게 아이들 넷, 어른 다섯이 아주 복작거리며 좁은 집에 사람들이 바글바글하게 되었다. 아이들은 집과 학교를 오가며 24시간 서로의 일상을 함께했다. 함께 밥 먹고 함께 잠자고 함께 놀았다.

우리 집 근처에 사는 지인들도 나의 권유로 아이들을 캠프에 보냈다. 책 모임을 같이 하는 지인들이었는데 모임에서 아이들 교육 이야기는 빠질 수 없는 주제였다. 그동안 숲학교에 대해 궁금함이 컸었는데 좋은 기회가 왔다며 신청 기회를 놓치지 않았다.

결국 우리 집 앞으로 학교 버스 노선이 임시로 편성됐다. 등교하는 아침 시간, 캠프 기간 동안 우리 집에서 출발하는 일곱 명의 아이들은 잊지 못할 추억을 만들고 즐거운 방학을 함께 보냈다.

이후 어린아이를 키우는 부모라면 한 번쯤 고민해볼 만한 지점을 공유한 우리는 교육에 대해 더 많은 대화를 나누는 기회를 갖게 되었다. 치열한 경쟁사회에서 나의 아이만 뒤처지는 것이 아닌가 불안하고 조바심이 나는 것이 당연한 부모의 마음이라면 삭막한 현대사회에서 나의 아이가 조금 더 넓은 마음으로 빛이 나는 사람이 되길 바라는 것 또한 또 다른 한켠의 부모 마음일 것이다.

우선순위를 어디에 두느냐의 차이일 뿐, 궁극적으로 모두가 원하고 모두가 열심히 살아가는 이유는 행복한 삶이 아닐까. 하지만 조심해야 할 것은 내 아이가 더 행복하기만을 바라는 부모의 바람은 욕심과 또 다른 형태의 교육열로 나타나는 것일지도 모른다는 이야기도 빠지지 않았다.

결론은 없었다. 부모는 자신의 자리에서 최선을 다해 살아가고 그 모습을 아이들이 보고 크는 것이므로. 부모의 마음과 자식의 마음이 서로에게 향하고 닿아 감사한 마음으로 사는 것이 최선이 아닐까. 그 안에 자유롭고 자연스러움이 더해진다면 더할 나위 없을 것이다.

소박한 수확물

살구의 계절이다. 하늘 높은 줄 모르고 가지를 뻗어대던 나무는 올해 살구를 아주 많이 품어주었다. 꽃이 피고 열매가 맺히던 내내 살구가 익기를 기다리고 기다렸는데 막상 너무 많은 열매를 마주하니 애타게 기다리던 시간이 꼭 꿈만 같다.

때마침 예다가 집에 올 시기에 알맞게 익어주어 일주일 내내 잘 익은 아이로 골라다 따먹었다. 씨가 분리돼서 흔들면 딸랑이처럼 씨앗이 흔들리는 아이들은 달고 껍질도 얇고 포슬포슬, 색처럼 맛도 좋았다.

이제 수확할 때가 되었다며 바닥에 떨어진 살구가 아까웠던 참에 일요일 예다 입교 날 아침, 온 가족이 함께 살구 수확에 나섰다. 못생긴 가지들을 잘라내지 않고 잘 기다리고 놔두어서 생각보다 많이 달린 살구들에 행복해하며 온 가족이 함께 살구를 담고 또 담았다.

살구 수확 후 너무 삐쭉 솟아나 못생겨진 나뭇가지는 잘라내고 나무 모양도 예쁘게 다듬기로 했다. 초록 잔디에 데굴데굴 주황 살구가 참 예쁘다. 깨끗이 씻어 햇살 아래 말렸다. 반짝반짝, 살구도 햇볕도 참 좋은 주말이다.

여름이 깊어지면서 호박넝쿨이 많이 자랐다. 리니 집으로 사용 중인 임시 창고 위로 그물을 치고 호박넝쿨이 자라서 올라갈 수 있도록 창고 옆으로 모종을 심었는데, 벌써 창고 두 개 지붕을 덮을 만큼 많이 자랐다.

하루하루 호박을 따 먹을 날을 기다리는 재미가 참 쏠쏠하다. 언제 저렇게 컸나 싶게 한동안 잊고 있다가 챙겨보면 몇 개씩 한참 자라있다. 너무 신기하고 예쁘다. 식물의 성장을 지켜보는 일은 아이들에게도 큰 감동과 재미를 준다.

우리 집에서 딴 호박이라며 제다는 연신 감탄을 하며 호박볶음을 먹었다. 그 작고 소소한 일상이 소중한 것임을 여섯 살의 어린 나이에 느끼고 있음이 뭉클하다. 파도 뽑고, 고추도 따고, 그때그때 엄마가 요리할 때 필요한 재료들을 제다가 가져다준다.

"엄마, 마트에서 사지 않고 이렇게 우리가 키워서 먹으니까 너무 좋다."라는 감탄을 해대며. 별것 아닌 이 일상이 참 많이 행복하다. 이보다 더 좋을 순 없다. 비 오는 날 창문을 두드리고 지붕 위로 떨어지는 큰 빗소리가 내 마음을 두드린다.

9월 5일

비가 온다. 비 오는 소리를 들으니 너무 좋지만, 태풍 소식에 걱정이 앞선다. 집을 짓고 처음 맞는 태풍 소식은 집 안팎의 것들이 온전하게 남을까 싶어 마음을 졸이게 만든다.

우산을 쓰고 나가 텃밭에 있는 고춧잎, 깻잎을 땄다. 매일 먹을 수 있을 만큼 자라나 있는 고추며, 상추며, 푸성귀들이 너무 맛나고 소중하다. 물을 끓이고 오랜만에 허브차도 한잔했다. 생잎을 따서 우려먹는 민트차는 그 어떤 차와도 비교 불가다. 너무도 신선하고 향긋한 향기에 기분까지 좋아진다. 여름이 지나고 가을이 오면 허브도 잘라 냉동실에 쟁여두어야겠다.

11월 4일

가을이 깊어간다. 창밖으로 보이는 가을의 풍경에 마음이 울렁인다. 붉게 물든 단풍, 구름 한 점 없는 푸른 하늘에 주책없이 마음이 설렌다. 가을의 주말은 더 바쁘고 분주하다.

"가을엔 더 일이 많아. 재밌는 일들이. 과일도 씨앗도 모두 가을에 얻을 수 있으니까."

예다의 말에 새삼 고개를 끄덕이게 된다. 집을 짓고 두 번째 맞는 가을은 좀 더 익숙하고 편안해졌지만, 여전히 할 일들은 많고 마음이 분주한 건 일 년 전이나 지금이나 똑같다.

주말 동안 해야 할 일들을 일주일 전부터 내내 이야기하고 계획한다. 작고 보잘것없는 소박한 마당이지만 생명이 숨 쉬고 열매가 익어가고 있으니 때를 놓치는 건 너무 슬픈 일이다.

오늘의 할 일은 모과 따기, 남은 대추 따기, 남은 고추 따고 고춧대 정리하기, 호박 수확, 리니 목욕, 모과주 만들기다. 아침을 먹고 오늘의 일과를 시작했다. 우리 부부에겐 일이지만, 아이들에겐 놀이다. 나무를 타고 흙을 밟고 열매를 따고 노는 일이 아이들에겐 어떤 추억으로 기억될까. 내가 그토록 바라던 그 일들이 아주 소소한 지금의 일상이 아이들의 긴 인생에서 어떤 모습으로 기억될지 궁금하다.

많은 양은 아니지만, 나무에 올라가 모과를 따고, 마지막 고추를 남김없이 찾아내고, 호박을 개수를 세어가며 언제 따야 할지 고민하는 아이들의 모습이 너무 사랑스럽다.

오래도록 기억하고픈 시간이 흘러간다. 붙잡아두고픈 가을이 지나간다.

올해 배추 농사, 무 농사 끝, 겨울이 다가온다. 집을 짓고 살게 되면서 가장 달라진 점 중 하나가 날씨를 늘 찾아보게 되는 것이다. 계절의 변화를 하루하루 느끼게 된 것, 그 계절의 변화를 온몸으로 받아들이게 된다.

며칠 뒤 영하의 기온이 예보되었다. 집 앞 마을 공동 텃밭에 있던 배추와 무들도 하루하루 지나면서 모두 사라지고 있다. 집집마다 이제 김장을 하는 듯하다.

무랑 배추 심는 시기를 놓쳐 한 달은 늦게 모종을 사다가 심었었다. 배춧속이 많이 차진 않았지만 그런대로 그럴싸한 모양을 갖추며 자랐다. 예다가 무는 언제 뽑냐고 하루가 멀다 하고 물어보고 손꼽아 기다렸는데 이젠 수확해야 할 때가 된 것 같다.

주말까진 괜찮지 않을까 싶었지만 자연은 우리의 계획을 기다려주지 않는다. 오늘 영하로 떨어지기 전에 빨리 수확해야겠다 싶어서 어제 아침 학교 가기 전 아이들을 일찍 깨웠다. 농사랄 것도 없지만 1년 동안 작고 아담한 땅에서 얻어지는 것들은 너무도 많았다. 수확의 기쁨은 물론이고 별로 해준 것도 없는데 이렇게나 자라나 있는 아이들이 대견하고 고맙다.

네 명의 식구가 먹기에 충분하고도 넘쳐난 먹거리들을 품어준 마당의 땅에게 1년 동안 수고했고 고마웠다고 전하고 싶다. 양이 얼마 되지는 않지만 감사한 마음으로 맛있게 먹어야지. 겨울 동안 우리 가족의 소중한 양식이 될 것이다.

　무청을 삶는 달큰한 냄새가 하루 종일 집안에 가득하다. 겨울 준비의 냄새. 따뜻한 온기. 겨울이 다가온다.

"아이고 소장님아"

변기가 너무 자주 막히던 시절이었다. 집을 짓고 1년이 채 지나지 않아서부터 이상하게도 예다가 화장실만 다녀오면 변기가 막혔다. 결국 변기 물이 넘는 최악의 사태가 벌어지고 말았다. 결국 올 것이 왔다.

계량기 쪽 바깥 수전을 일단 잠궜다. 넘치는 물을 감당하지 못했고 조금이라도 빨리 원인을 찾아야 했다. 꼼짝없이 집은 단수 상황이 됐지만 그 시각 갑자기 나는 화장실이 급했고 염치불구 일을 봤다.

"아빠! 엄마 똥 다 쌌대! 물 틀어!"

평소에도 목청이 큰 제다는 3층 창문에서 마당에 있는 아빠를 향해 큰소리로, 아주 큰 목소리로, 온 마을 쩌렁쩌렁 다 들리게, 그렇게 급한 소식을 알렸다. 엄마의 일이 끝났으니 잠시 물을 틀어 달라고. 온 동네방네 나의 사소하고 은밀한 생활마저 이렇게 방송되어야 하는 건가. 찔끔 눈물이 났다.

하필 주말이었던 그날, 변기 뚫어 주실 분을 용케도 모셨다. 한편으론 다행히도 남편이 집에 있는 주말이었다. 정말 다행이었다. 오랜 시도를 했지만 결국 실패했다. 그분도 원인을 알 수가 없다고 했다. 1층 변기를 통해 정화조까지 뚫으려던 굵은 철사 호스는 자꾸 다른 쪽 관을 통해 2층으로 올라갔다.

뭔가 이상했다. 그동안 수시로 물어볼 것이 있으면 소장님과 통화하던 우리는 전화를 걸었다. 아무래도 뭔가 이상하다고. 그때 소장님은 어떤 불길함을 느꼈던 것 같다. 결국 땅을 파야 한다는 결론이 났다. 우리 집을 지을 때 상하수도 공사를 해주었던 업자분께서 200만 원을 불렀다.

결국 남편은 또 직접 삽을 들었다. 바닥에 깔아놓았던 벽돌을 들어 올리고 시멘트를 깨고 땅을 팠다. 파고 또 팠다. 구불구불 이어진 하수도관과 드디어 만났다. 하지만 원인이 되는 곳을 찾지는 못했다. 그렇게 남편은 만신창이가 되어 땅속으로 거의 기어들어 가듯이 기괴한 모습으로 이틀째 내내 끝도 없이 땅만 파고 있었다.

일요일 오전, 갑자기 어디선가 쓰윽 소장님이 나타났다. 말도 없이 대구에서 우리 집까지 올라오신 거였다. 소장님의 등장에 우리는 하늘에서 천사가 내려온 듯 반가운 마음을 감추지 못했지만, 공사하던 시절 분명 어떤 사건이 있었다는 것을 직감했다.

"이쪽을 더 파 봅시다."

"여기네요. 여기!"

"아이고, 뭐예요. 이게 어떻게 된 거예요?"

그렇게 깊숙이 찌그러져 눌려 아무것도 통과되지 못할 만한 커다란 관을 찾아냈다. 어떻게 저 지경으로 1년의 시간을 버틴 걸까. 공사할 때 큰 중장비가 왔다 갔다 하며 그때 눌린 것 같다고 조심스럽게 말씀하셨다. 어떻게 저렇게 자리를 콕 집어 말씀하셨지? 분명 그 당시 어떤 예감이 있었을 것이다. 문제가 생길지도 모른다고. 그렇게 엉망진창 우리 집 마당은 흙과 물로 헤집어졌다.

'아이고, 소장님아. 이걸 보면 누가 2년도 안 된 새집이라 하겠어요. 누가 우리 집을 이렇게 해놓은 거예요.'

저절로 곡소리 나는 현장이었다. 집을 짓고 자잘한 보수와 공사는 끊이지 않았지만, 기초 배관을 건드려야 하는 상황이 올 줄은 꿈에도 생각 못 했다. 이건 너무한 거 아닌가 하는 마음에 울컥도 했지만 주말 아침 미리 언질도 없이 대구서 그 먼 길 달려온 소장님을 보며 마음을 추슬렀다.

우리는 집을 짓는 동안 서로 많이 섭섭하고 많이 고마워하고 많이 정이 든 관계랄까. 우리의 일방적인 입장인지는 모르지만, 우리가 살고 있는 집에 대해 가장 많이 알고 가장 많이 통하고 가장 많이 집에 대한 애정을 나눌 수 있는 유일한 분이라 우리가 모른 채 지내왔던 엉망의 상태에 대한 아쉽고 불편한 마음보다는, 먼 길

달려와 해결해 주려고 애쓰는 모습에 감사한 마음이 더 컸다. 차 한잔하며 종알종알 그간 궁금했던 것, 달라진 집의 모습을 쉴 새 없이 보고했다. 우리 집 이야기를 주거니 받거니 함께 나눌 수 있는 분을 오랜만에 만나니 너무 좋았다.

아직까지도 소장님은 우리가 일이 있을 때마다 전화해도 귀찮은 내색 없이 상담 애프터서비스를 베풀어 주신다. 참 감사하다. 이제 점점 시간이 가면 갈수록 통화 횟수도 줄어들 것이다. 그렇게 우리는 집에 대해 조금 더 잘 알게 될 것이고 소장님 도움 없이 해결하게 될 것이고 우리의 관계도 조금씩 멀어질 것이다.

하지만 함께한 추억이, 함께 보낸 그 겨울의 시간이, 우리를 기억하겠지. 사실 내 마음속엔 소장님이 영원한 그리움으로 남아 있을 것 같긴 하지만.

참새아파트

새와 함께하는 일상은 내가 좀 더 자연 가까이 살고 있다는 느낌을 갖게 해준다. 우리 동네엔 새가 정말 많다. 마을 테두리만 벗어나면 지척에 큰 도로와 상가들이 밀집해 있지만 마을의 집집마다 가득한 나무와 꽃, 그리고 동네 주위로 공원과 산이 둘러싸고 있어 새들이 찾아오기에 아주 좋은 환경인 듯하다.

날씨가 따뜻한 날 테라스 폴딩 도어를 열거나, 창문을 열고 있는 날이면 새소리로 온 집안이 꽉 찬다. 어찌나 그 소리가 영롱하고 예쁜지 산속에 앉아 있는 느낌에 황홀한 기분마저 든다.

아이들도 하늘을 나는 새에게 부쩍 많은 관심이 생겼다. 날아가는 날개의 모양과 크기와 색과 모습만으로 어떤 새인지 맞춘다. 새 도감을 펼쳐놓고 본인의 확신이 맞는지 확인한다.

한동안 예다는 도감에 푹 빠져 지내던 시기가 있었다.

"엄마, 조금 더 알게 되니까 뭔가 더 재미있어."

책을 뒤져가며 새를 공부하고 알아내는 모습이 참 기특했었는데, 예다의 말속에 참 배움의 가치가 숨어 있었다. 조금 더 알면 더 재미있어지는 것. 뭔가 조금 알기 시작하고 그러면서 좀 더 깊은 내용을 알게 되고 더 궁금해지고 그게 더 재미있어지는 깊은 나만의 배움이 시작되는 것 말이다.

수시로 마당의 나무에 찾아오는 새들을 우리는 기쁜 마음으로 반겼다. 이름 모를 새는 모르는 대로, 책을 찾아보고 이름을 알게 된 새는 더 반가운 마음으로 잠시 찰나의 다녀감을 마음 다해 기뻐했다. 새를 통해 진정한 배움의 경험을 직접 체험한 예다는 여전히 멀리 날아가는 모습만 봐도, 멀리 앉아 있는 색과 모습만 봐도, 어떤 새인지 알아맞히는 새 박사가 되었다.

3층의 방에는 한쪽 벽 전면이 옆으로 길게 창문으로 뚫려 있는데 유리벽 밖의 넓은 벽돌 창틀은 작고 귀여운 참새들이 앉았다가는 좋은 쉼터가 되어준다. 우리는 유리를 통해 아주 가까이 참새를 만날 수 있다. 행여 작은 몸짓에 날아갈까 조심조심 가까이 다가가 참새를 마주한다. 귀엽고 작은 참새를 유리창 한 장을 사이에 두고 만나는 일은 너무 귀엽고 반가워 마음이 몽글몽글해진다.

사실 참새와의 동거를 인정하기까지 쉽지 않은 마음의 여정이 있었다. 나무로 지어진 높은 집은 새들에게 좋은 쉼터가 되어줄 것이라는 걸 아무도 예상하지 못한 탓이다. 3층과 지붕으로 덮힌 징

크 사이엔 아주 작고 좁은 틈이 있다. 나무 집이 숨을 쉴 수 있는 공간인데 그곳에 참새가 드나든다. 어느 순간 집 밖의 벽돌 길 위로 스티로폼 단열재가 조금씩 떨어져 있는 걸 발견했다. 새들이 구멍으로 들어가 본인들의 집을 지으면서 단열재 스티로폼을 쪼아 파놓는 모양이었다. 우리 집이 망가질까 행여나 새로 지은 집에 해가 될까 안절부절 전전긍긍했다. 또 주차해 놓은 차 위로 새똥은 얼마나 떨어지는지 모른다. 주말마다 세차하는 의미가 없다.

그리고 한쪽 벽면 벽돌로 영롱 쌓기 해놓은 구멍마다 지푸라기를 물어다 둥지를 튼다. 일명 참새아파트다. 우리가 지어준 제목이다. 2, 3층 창문을 열고 벌써 몇 개의 둥지를 치웠는지 모르겠다. 둥지가 지어져 있어 치우려고 창문을 열었을 때, 알이나 새끼가 들어있는 경우도 몇 번이나 있었다. 아이들은 그걸 또 신기해해서 눈이 하트가 되고 우리 부부는 어쩔 수 없이 기다림의 시간을 가진다. 새들이 떠나가면 둥지를 치우고 청소를 한다.

우리는 결국 사다리차를 불렀다. 징크와 3층의 사이의 틈을 아주 촘촘한 망으로 한 바퀴 빙 둘러막았다. 집에 해가 되는 걸 조금은 막을 수 있겠지만 참새와의 동거는 여전히 계속되는 중이다.

마음을 조금 편하게 먹기로 했다. 우리가 살아가는 공간을 새들에게도 내어주기로. 집을 많이 상하게 하지 않는다면 동거하는 것도 나쁘지 않겠다는 생각에서다. 어쩔 수 없이 받아들인 마음이 크지만 마당의 테라스에 쪼르르 달려가는 참새를 보고 있노라면 이제는 예전보다 더 편해진 마음이다. 차 위의 새 똥도 이젠 그러려니 하고 조금 더 자주 세차를 한다. 2, 3층에 생기는 둥지는 안에 아무것도 들어 있지 않은지 확인한 후 재빨리 치운다.

오늘 늦은 오후엔 집 앞에 서 있는 버드나무에 박새와 참새가 빼곡히 앉아 있었다. 짹짹거리는 소리가 골목을 가득 채웠다. 1년 사이에 너무 많이 풍성해진 버드나무는 가지와 잎이 하늘 높은 줄 모르고 커져 있다. 풍성해진 나무만큼 새들의 수도 늘어났겠지. 새와 우리의 동거는 계속되는 중이다.

지옥의 출퇴근길과
재택근무의 콜라보

    남양주에서 서울로의 출퇴근길은 말 그대로 지옥 길이다. 월요일 아침엔 새벽부터 도로가 주차장이 되고 눈이나 비가 오는 날엔 더 최악의 상황이 펼쳐진다. 우리가 이사 온 초기엔 신도시가 계획만 되어 있던 때라 이렇게 지독한 정체는 없었다. 사실 이곳으로 이주하기 전에도 앞으로 펼쳐질 지옥 길을 조금은 예상은 했었지만 이 정도일 줄이야. 신도시가 들어서고 입주하는 인구가 늘어나고 시간이 지날수록 출퇴근의 시간은 하루가 다르게 조금씩 늘어갔다. 그렇게도 서울살이를 고집하던 이유였는데 그 현실을 온몸으로 마주하게 되었다.

    처음 남양주에 땅을 보러 왔을 때, 남편의 직장은 선릉역 근처에 있었다. 좀 막히더라도 감당할 수 있겠다 싶은 거리였다. 그래도 나는 힘들지 않을까 걱정을 했지만, 남편은 이 정도 거리는 괜찮다며 호기롭게 이곳에 정착할 고집을 꺾지 않았다. 집을 짓고 입주를 하고 1년의 시간도 지나지 않아 회사가 건물을 팔고 서초동으로 자리를 옮긴다는 소식을 접했다. 예정에 없던 계획이었다. 정말 눈앞이 캄캄했다. 아침 시간에 가장 막히는 구간을 뚫고 집에서 가장 먼 서울 중심까지 가야 한다니, 정말 큰일이구나 싶었다.

매일 매일 아침의 출근길은 지옥 길이 되었고 퇴근해서 집에 들어오면 파김치가 됐다. 월요일을 기준으로 많이 막히는 날은 편도 두 시간도 걸렸다. 대략 빠르면 한 시간, 한 시간 반의 시간이 소요됐다. 눈만 뜨면 눈곱도 떼지 않고 새벽길을 나서는 일상이 시작됐다. 회사 앞의 헬스장에서 운동하고 씻고 출근하는 패턴이 조금씩 자리 잡았고, 퇴근 시간도 피크를 지나고 조금 늦은 시간에 회사에서 출발하는 방법으로 맞춰갔다. 저녁이 없는 삶은 이어졌고 우리가 예상한 바가 펼쳐지는 나날이었다.

'출퇴근 너무 힘들어'라는 말이 남편 입에서 조금씩 나올 때쯤 코로나 사태로 재택근무가 시작됐다. 아이들도 등교를 멈췄다. 우리는 온전히 집에서 함께하는 일상을 보냈다. 업무가 시작되고 아이들의 온라인 수업이 시작되면 1층엔 제다가 나와 함께, 2층의 방엔 남편이, 3층엔 예다가, 각각의 컴퓨터를 마주하고 각자의 책상에 앉아 일하고 공부하는 원격의 상황이 펼쳐졌다. 코로나의 시대를 살아가는 우리의 모습이 우습기도 슬프기도 했다. 나는 층을 오르내리며 아이들을 살피고 집안일을 돌봤다.

출퇴근으로부터 자유로워지니 남편은 좀 더 풍족하게 많은 시간을 가족과 함께하게 됐다. 저녁 있는 삶도 주어졌다. 길에서 보내는 아까운 시간을 더 진하게 체감하는 시간이었다. 주 5일을 재택근무하던 시간을 지나 지금은 주 3~4회로 조정됐다. 매일 지옥 길을 뚫으며 출근하던 때와는 달리 상황이 정말 좋아졌다. 삶의 질이 달라졌다고 본인 스스로 이야기한다. 집에서 근무하는 날엔, 아침 시간에 아빠와 아이는 간단한 인사를 나누고 저녁은 이른 시간부터 함께한다. 함께 리니 산책도 하고 저녁도 같이 먹고 수다도 떨 수 있으니 서로에게 이보다 더 좋은 평일 저녁 시간은 없다.

출퇴근길을 걱정하던 지금의 시간을 그리워할 날이 언젠가는 올 것이다. 지옥의 길을 뚫고 매일 회사를 향해 달리던 길을 추억할 시간도 먼 훗날 오겠지. 우리는 지금의 상황을 그저 마음 다해 받아들이고 묵묵히 최선을 다해 살아간다. 우리의 선택에 후회도, 다른 선택에 대한 미련도 함께.

하지만 그 안에서 최대한 절충안을 찾고 감사함을 찾다 보면 또 다른 길이 보일 것임을 알기에. 오늘도 각자의 공간에서 열심히 하루를 산다.

Chapter 5.

남편을 괴롭히게
네게,
집

네 번째 전학

대구에서 1년을 살던 시절, 첫째 예다는 그곳에서 초등학교에 입학했다. 교육에 대한 가치관도 특별한 생각도 없었던 난, 좀 더 안정된 환경이라고 느껴지는 사립초등학교에 보내는 것이 아이를 위한 최선의 선택이라고 생각했다.

예다는 알파벳도 모른 채 학교에 입학했다. 유치원 시절 내내 열심히 운동장에서 뛰어놀고 놀이터에서 살던 아이에게 처음 만난 사립학교는 너무나 낯선 환경이었다. 순전히 나의 욕심이었다. 좀 더 엄마의 손길과 관심이 닿는 아이들과 친구가 되면 좋겠다고 생각했고, 이제부턴 남들이 다들 하는 공부도 신경 써야 하지 않을까 하는 어설픈 불안감을 무시할 수 없었다.

애써 지켜왔던 자유를 향한 마음은 갈 곳을 잃은 채, 방향을 정하지 못한 채 흔들렸다. 아이를 앞세운 엄마의 불안한 마음은 어느 새 '남들처럼, 남들과 같이'하는 것이 최선이 되어 있었다.

알파벳도 모른 채 입학한 예다와는 달리 친구들은 대부분 영어 유치원을 다니고 더 많은 공부를 하고 입학한 상태였다. '이제부터 열심히 하면 되겠지'라는 생각으로 아이를 더 많이 닦달하고 더 많이 재촉하고 더 많이 압박했다.

예다는 행복하지 않았다. 너무 많은 학습량으로 예다는 힘들었고, 그 옆에서 나도 함께 지쳐갔다. 뭔가 잘못되고 있다는 느낌과 함께.

집을 짓기로 결정하고 남양주로 이사 온 후 집 앞의 공립초등학교를 일주일 정도 다니고 다시 사립초등학교로 전학했다. 사립초등학교 시스템에 익숙해진 학부모의 어쩔 수 없는 선택이었다.

닦달하면 닦달하는 대로 엄마의 욕심을 곧잘 채워주던 예다는 타고난 총기와 빠른 습득력으로 학교 생활을 무난하게 견뎌냈다. 오케스트라 활동, 텃밭 활동, 방과 후 만들기 활동 등은 예다의 마음에 쉼이 되어주었다. 그 시간이 예다에게 가혹했다고 느껴지는 이유는 예다만의 시간이 없었다는 거다. 학교에선 학교 시간표대로 집에 오면 엄마의 스케줄대로 시간을 보내다 보면 예다는 혼자만의 사색, 혼자만의 시간, 혼자만의 생각을 할 시간적 여유가 없었다. 예다는 엄마의 로봇이 되어갔다. 생각할 수 없고 표현할 수 없는 또 다른 나였다.

그때의 나도 분명 '이건 잘못된 길이 아닐까' 하고 스스로를 의심하기도 했다. 하지만 우리가 속해 있는 환경과 놓인 배경은 우리를 앞만 보고 달리게 할 뿐 옆도 뒤도 돌아볼 여유를 주지 않았다. 누가 시키지도 않았는데 우리는 열심히 앞을 보고 달렸다.

그리고 난 다른 방법을 몰랐다. 곧이곧대로의 나의 성격으로 다른 방법도 있을지 모른다는 것을 생각해보지 못했다. 힘들지만 견뎌야 한다고 생각했고 아이가 힘든 것에 깊이 공감하지 않았다.

그리고 내 주위엔 육아의 경험을 들려주는 이도 없었다. 난 아이의 교육에 대해, 치열한 경쟁의 삶에 대해, 또 다른 대안에 대해 자연스럽게 보고 들은 경험이 전무했다. 이른 결혼과 출산으로 친구들 중에서도 제일 처음으로 학부모가 되었고 집에서도 나는 맏이였다.

예다와의 관계를 돌아봤다. 우리가 계속 이렇게 지내면 조금씩 멀어지는 우리의 거리를 돌이킬 수 없을 것 같았다. 너무 멀리 가기 전에 멈춰야 했다. 예다를 위해, 그리고 나를 위해 우리 가족을 위해서였다.

예다가 2학년 초 전학 왔었던 사립초등학교를 3학년이 되어 4월이 조금 지났을 무렵 그만뒀다. 그렇게 공교육을 멈췄다. 우리를 자꾸만 앞으로만 달리게 하는 교육의 환경에서 벗어나 보기로 했다. 앞으로만 내달리게 하는 시스템을 버리기로 했다.

예다는 엄마, 아빠와 많은 대화를 했다. 아직 어렸지만 그동안 힘들었던 시간만큼 결정에도 큰 어려움이 없어 보였다. 예다의 옆에서 가장 큰 힘이 되어주겠다는 엄마, 아빠의 약속은 어린 예다에게도 전해졌던 것 같다. 힘들었던 지난 시간에 대한 엄마의 사과도 함께였다.

첫째로 태어나 너무 많은 시행착오를 겪게 한 예다에게 미안한 마음이 컸다. 하지만 우리는 더 행복해지기 위해 매 순간 최선을 다했고 어린아이는 사랑의 마음으로 엄마, 아빠를 이해해주었다. 너무 부족하고 모자란 부모였지만 그런 부모를 이해해주는 예다가 있어서 고맙다고 이야기했다. 지금처럼 우리의 마음이 통할 수 있다면 충분하다고 생각했다.

어린 나의 딸은 나에게 한없는 사랑으로 마음을 열어주었고 그 마음으로 나를 스스로 돌아보게 한 선생님이었다. 도리어 그 시간이 즐거웠고 재미있었다고, 그래서 괜찮았다고 엄마를 위로하는 속 깊은 딸이었다.

우리는 서로의 마음을 추스르며 1년 가까운 시간을 함께 집에서 보냈다. 그동안 하지 못했던 쉼의 시간이었다. 마음껏 쉬고 마음껏 놀고 마음껏 책 읽으며 회복의 시간을 함께했다. 우리는 그 시간을 평생 잊지 못할 것 같다. 서로를 위로하던 그 시간은 지금 돌이켜봐도 마음 따뜻하다.

아빠의 추천과 타협으로 집에서 차로 5분 거리에 있는 규모가 꽤 큰 기독대안학교에 4학년으로 입학했다. 하지만 그곳도 결국엔 대입을 위한 학교였다. 학부모의 주된 관심사도 결국 대학교 입시였다. 처음 입학하던 때와 달라진 나의 교육관은 또다시 예다를 좀 더 자유로운 곳으로 이끌고 싶은 마음으로 요동쳤다. 친구가 많고 그나마 규모가 큰 곳을 원하던 남편의 의견을 존중해서 선택했던 학교였지만 그곳의 교육철학과 삶의 방식은 우리가 앞으로 가고자 하는 방향과는 다른 곳이라는 걸 경험으로 깨달았다. 대안학교라고 해서 모두 같지 않다는 것은 알았지만 비싼 비용을 치르고서야 뼈저리게 느꼈던 시간이었다.

돌고 돌아 숲학교에 입학한 아이는 새처럼 훨훨 날았다. 자유를 만끽했다. 그 아이를 지켜보는 나도 행복했다. 그것만으로 충분했다.

예다가 검정고시를 보던 날이 떠오른다. 대부분의 대안학교가 그렇겠지만, 숲학교도 비인가 대안학교였다. 5학년 말에 전학한 후부터 조금씩 검정고시를 준비해서 이듬해 봄에 시험을 치렀다. 학교의 선생님들과 언니와 동생들의 응원을 한가득 안고서 떨리는 마음으로 시험장에 도착했다. 그동안 코로나로 이미 두 번이나 시험이 연기되고 이번에 또 미뤄지는 것이 아닌가 마음 졸이며 기다리던 시간이었다. 비록 예다가 걱정할 수준의 시험은 아니었지만, 그래도 긴장되고 떨리는 건 어쩔 수 없었다. 국가고시를 봤던 나의 예전 기억도 떠오르고, 너무 긴장한 모습의 예다를 보니 마음이 아프고 안쓰러웠다.

3학년 이후 공교육에서 요구하는 체계적인 교육 과정을 거치지 않고, 교과서대로 배우지 않은 아이는 그동안 삶 속에서, 그동안 읽었던 책 속에서 공부하고 답을 찾아갔던 시간이었다. 마지막까지 배우지 않은 부분도 많았고 처음 접하는 내용도 있었기에 아직 어린 예다는 긴장할 수밖에 없었을 것이다.

사회에 첫발을 내딛는 모습이 너무도 기특하고, 또 짠했다. 학교를 네 번이나 옮겨 다니며 전학했던 과정들이 떠올랐다. 시험 끝나고 나온 예다에게 수고했다는 격려를 건네는데 마음이 조금 울렁였다.

예다의 초등 과정은 평범하지 않았기에 당사자인 예다는 정말 그동안 몸도 마음도 힘들었을 것이다. 하지만 그 과정과 시간이 재미있기도 했고 나쁘지 않았다고 이야기했던 예다의 말이 떠올라 나는 결국 왈칵 눈물을 쏟았다. 사실 예다의 시간이 평범하지 않았다고 이야기하지만, 난 그 길이 특별하다고는 생각하지 않는다. 예다는 자유롭고 온전한, 하지만 조금은 외로운, 그래서 더 자신을 들여다볼 수 있는 길 위에 있는 것일 뿐. 특별하지만 그 무엇보다도 평범한, 누구의 기준도 아닌, 누구의 틀도 아닌, 그런 길 말이다.

다만 그 길이 외롭지는 않을까 행여 부모가 해줄 수 있는 또 다른 최선이 있지 않을까 하는 마음 쓰임에 눈물이 났던 것뿐이다. 나의 바람과 걱정이 무색하게 예다는 본인의 삶을 스스로 고민하고 잘 찾아갈 것이다. 그럴 힘이 있다고 믿어주는 것이 부모의 역할일 뿐, 다른 것은 필요 없다. 믿어주는 사랑에 대한, 언제까지고 노력해야 하는 부모의 모습에 대한, 그런 시간을 예다는 우리에게 보여주고 있다.

그렇게 그날 큰 산 하나를 넘듯 예다는 조금 더 자랐다. 앞으로 펼쳐질 예다의 삶에 힘들고 어려운 일도 있겠지만 그 시간을 통해 더 많이 성장하고 자라는 예다가 될 수 있길 마음속으로 바랐다. 나 또한 그 옆에서 딸의 삶을 진심으로 응원하는 엄마로, 내 삶을 잘 꾸려나가는 한 여성으로, 인생의 동반자로 살아갈 수 있길 다짐했다.

예다의 삶을 응원한다. 든든하고 멋진 엄마로 살아갈 나의 삶도 함께.

내 책상

새로 지은 우리 집엔 방이 네 개다. 2층의 방은 남편 서재와 가족 옷 방으로 쓰고 3층의 방은 아이들이 하나씩 사용한다.

"이 집 모두가 자기 공간이잖아."

내 방은 없다고 푸념하는 나에게 어마무시한 말을 내뱉는 남편이다. 3층 아이들 방 사이엔 아주 작은 공간이 있다. 피아노 하나 놓을 정도의 공간이라 1층에 있는 피아노를 3층에 올리고 싶었는데 계단으로 올리는 건 불가능해서 마음을 접었다. 순간 그 공간에 내 책상을 놓으면 어떨까 싶었다.

내 공간에 대한 마음이 조금씩 생겨난 건 읽는 책이 자꾸 늘어나면서부터다. 책은 자꾸 쌓여가는데 마땅히 꽂을 곳도 놔둘 곳도 없이 여기저기 뒹굴고 있었다. 책을 읽는 공간도 늘 1층의 테이블이나 아이들 책상 정도였다.

예전엔 내 책상이 있긴 했었다. 집 짓고 새집으로 이사 오면서 없애버린 내 책상은 내가 직장 생활하며 첫 월급으로 샀던 거였다. 마땅히 놓을 곳이 없어서 부숴서 없애버렸는데 이렇게 뒤늦게 마음이 아플 줄이야. 모든 공간이 내 공간이라는 남편의 말을 들으니 아쉽고 섭섭한 마음이 더 커졌다.

3층의 작은 공간이나마 나의 공간으로 꾸며보기로 했다. 갑자기 마음이 울렁거렸다. 갈 곳 없이 구석에 처박혀 있던 또 다른 못난 책상을 옮겨다 공간을 꾸몄다. 가장 저렴한 책장도 하나 주문했다. 여기저기 쌓아져 있던 책들을 가져다 가지런히 꽂았다. 아이비도 잘라다 갈색 유리병에 물꽂이했다. 은은한 조명까지 더하니 아늑하고 예쁜 나만의 공간이 되었다.

내가 좋아하는 책들로 가득한 아늑한 나의 공간이 완성됐다. 그래봐야 책상 하나, 책장 하나가 다지만 난 세상 부러울 것 없이 내 공간이 너무 마음에 들었다. 내 책상에 앉아 있으면 따뜻하고 아늑하고 기분이 좋다. 친구가 선물해준 룸스프레이도 한 번씩 쓱 뿌리고 가끔 향초에 불도 켠다. 책도 읽고 음악도 듣고 일기도 쓴다.

'내 공간이 있다는 게 이렇게 좋은 거구나.'

'여기 앉으면 차분해지고 기분이 좋아지는구나.'

새로운 발견을 하는 중이다. 책상 위엔 나의 꿈을 적은 만다라트 종이가 붙여져 있다. 책 모임 하는 엄마들과 1박 2일 떠난 여행에서 밤에 테이블에 둘러앉아 꿈 이야기를 나누었다. 그 당시 함께 읽던 책에 소개되어 있던 내용이었다. 자신의 삶의 이야기를 연대 순으로 적어 내려갔다. 큼직큼직한 사건들을 위주로 내 인생들을 정리하고 난 후 또 다른 종이에 나의 꿈을 확장하면서 적어보았다. 나의 마음을 열고 이야기를 열고 다른 이의 삶을 듣는 뜻깊은 시간 이었다.

'나는 너에게 부끄럽지 않을, 나만의 세계를 가꿀 것이다.'

《엄마의 20년》에서 읽은 글귀가 내 책상 앞에 붙여져 있다. '글 쓰는 할머니 작가'라는 꿈도 적혀 있다.

하루하루 쌓아가는 시간은 나를 찾아간다. 길을 내고 그 길 위 에서 또 흔들리고 방황하며 나의 흔적을 남긴다. 오늘 하루는 또 어떤 시간으로 채울까. 어떤 나를 만들어갈까. 설레는 시간이다.

인문학살롱의 위로

예전 일이 떠오른다. 대학을 다닐 때 사귀던 남자친구가 그런 말을 했었다.

"난 책을 보기만 해도 배가 부르더라. 책장 가득 내가 좋아하는 책을 꽂아놓고 싶어. 평생 책 읽고 책 모으고 책으로 가득한 내 방을 갖는 게 꿈이야."

그에게 책이란 작지만 큰 세계 같았다. 보잘것없어 보이던 작은 방 한 귀퉁이의 작은 책장에 꽂혀 있는 책을 바라보며 행복해하던 그의 얼굴이 떠오른다. 그때의 난, 세상에 재밌는 것들이 얼마나 많은데 고지식하게 책 타령만 하는 그가 답답하다고 생각했다. 난 참 철이 없었다.

하지만 지금의 나는 책을 아주 좋아하는 사람이다. 책이 가진 힘을 조금 알게 되었고, 책이 주는 위로를 느낀다. 아깝게 흘려보낸 시간만큼 간절함도 생겼다. 책을 사랑하고 좋아했던 그가 순수하고 참 멋진 사람이었다는 것을 뒤늦게 깨닫는 중이다.

책을 가까이하고픈 마음이 왜 이제야 든 걸까? 사실 나도 잘 모르겠다. 10년 넘게 긴 육아의 시간을 지나오며 경력은 단절됐고 집에서 지내는 시간으로 채워지는 나의 일상은 지루하고 답답했다. 책을 읽고 글을 쓰는 사람은 참 멋지다는 생각은 늘 갖고 있었지만 나와는 거리가 멀다고 생각했는데, 어느 날 문득, '그런 삶이 내게도 어울리지 않을까?' 하는 생각이 들었다.

어른이 되었지만 여전히 책을 고르는 것도 어렵고 내가 좋아하는 취향이 어떤 것인지도 잘 몰라 많은 것들이 모호하던 시절 아이와 함께 도서관을 다니기 시작했다. 글쓰기에 관한 책이 손에 잡혔다. 그리고 필사를 시작했다. 그냥 따라 써보고 싶은 마음이 들었다. 책 한 권을 거의 다 베껴 쓰면서 내 마음에 나도 몰랐던 마음이 꿈틀댔다.

'나도 책을 읽고 싶다. 나도 글을 쓰고 싶다. 나도 할 수 있을까?'

아이가 잠들면 책을 붙들었다. 그동안의 허기를 채우듯 손에 잡히는 대로 닥치는 대로 책을 읽었다. 그해 도서관에서 대출 1위의 다독가족상을 받는 경험도 했다.

10여 년의 긴 육아의 터널을 지나 둘째를 유치원에 보내고 나만의 시간이 처음으로 주어졌다. 길고 긴 방황의 시간 끝, 한 줄기 빛이었다. 아이와 떨어져 오롯이 주어진 나의 시간은 처음으로 내게 질문의 시간을 주었다. 내가 하고 싶은 일에 대해. 내가 좋아하는 일에 대해.

그 질문이 계속되던 중, 아이의 숲학교 학부모의 제안으로 책 모임을 시작했다. 책을 읽고 나누는 모임에 대한 경험을 처음으로 하게 됐다. 너무 큰 울림이 있었다. 책의 내용도 너무 좋았지만 내용을 함께 나누는 그곳에 있는 사람들 사이의 공기가 너무 따뜻했다. 나 혼자 읽는 것과는 다른 더 큰 세계가 그곳에 있었다. 함께 같은 책을 읽고 나누는 경험은 온몸이 짜릿할 만큼 흥미로웠다.

5년째 우리는 함께 〈민들레〉를 읽고 나누는 모임을 하고 있다. 〈민들레〉는 '스스로 서서 서로를 살리는 교육'이라는 교육 문화를 만들어가고자 두 달에 한 번 발행되고 있는 교육 전문지다. 책 속에는 삶이 곧 배움이 되는 새로운 길을 걸어가고자 하는 부모와 교사, 그리고 아이들이 서로를 격려하며 힘을 얻을 수 있는 좋은 글들이 넘쳐난다. 5년 넘게 구독하며 아직도, 여전히, 많은 변화가 나의 삶 속에 함께하고 있는 중이다. 읽어도 읽어도 좋은 글들은 내게 뼈가 되고 살이 되는 느낌이랄까. 〈민들레〉를 만나지 못했더라면 난 아마 지금과는 또 다른 삶을 살고 있을 것이다. 그렇게 내게 〈민들레〉라는 책은 너무도 감사한, 마음 깊이 애정하는 무엇이 되었다.

'읽는다는 것은 결코 만만한 것이 아니지만, 읽었다는 것은 사사키 아타루 말처럼 "읽어버렸다"는 것이다. 절대 그 전으로 돌아갈

수 없다.' – 〈민들레126호〉 중에서

내가 정말 사랑하는 글귀 중 하나다. 읽어버렸다는 것. 절대 그 전의 나로 돌아갈 수 없음은 읽어버렸기 때문이다. 사람은 인문학 적으로 몇 번이고 다시 태어난다고 하지 않는가. 이전과는 다른 삶을 살아갈 수밖에 없음은 읽어버렸기 때문이고 그것을 아는 이들과 함께 이야기 나눌 수 있음은 정말 큰 축복이고 행복이었다.

공동체에 대한 꿈을 꾸고 구체적인 실천 계획을 세우는 이야기가 오고 가고 정말 꿈같은 일들이 책 모임을 통해 실현됐다. 지금도 엄마들의 책 모임은 계속되고 있다. 여전히 〈민들레〉를 함께 읽고 나눈다. 5년의 시간이 흐르는 동안 엄마들은 아이들과 함께 성장했다. 각자 본인의 자리에서 배우고 실천하는 삶을 살고자 노력 중이다.

난 〈민들레〉 이외의 책도 함께 읽고 나누고 싶은 마음이 커졌다. 책을 향한 갈증이 있었다. 혼자 읽는 것도 좋지만 조금의 강제성이 부여된 모임에서 더 많이 읽고 더 많이 나누고 싶었다. 친구의 추천으로 또 다른 책 모임에 참여했다. 도서관에서 일주일에 한 번 열리는 〈인문학살롱〉이었다. 아이를 키우는 엄마 여섯은 열심히 책을 읽고 만났다. 마감 날짜를 지키는 편집자처럼 모임 날짜에 맞춰 열심히 책 읽고 열심히 독후감도 썼다. 힘들지만 잘 해내고 싶은 마음이 있었다. 하루하루가 쌓여서 1년, 2년, 3년의 시간이 될 터였다. 4년 뒤 독서대학을 졸업하는 마음으로 최선을 다하고 싶었다.

그 시간이 지나면 많이 성장해 있을 내 모습을 기대하는 마음이었다. 힘들지만 너무 즐거운 이유이기도 했다. 마감 시간에 맞춰 독후감을 쓰는 일은 생각 이상의 뿌듯함과 성취감을 주었다. 정말 볼품없고 부끄러운 글이었지만 묵묵히 써갔다. 모든 것이 공부였다. 한 줄 두 줄 쓰는 것도 힘들어하던 내가 조금씩 양도 늘어나고 어려운 마음도 조금씩 적어졌다.

"우리 정말 읽어야 할 책이 많은 것 같아요. 모르는 것들이 너무 많아서. 인문, 과학, 고전, 역사, 모두 조금씩 도전해 봐요."

함께 읽으니 혼자서 하기 힘든 도전도 가능했다. 불가능이 가능으로 바뀌는 순간이었다. 책을 읽는다는 건 온전히 그 책을 쓴 이의 삶을 따라가는 일이었다. 더 나아가 그 책을 다른 이와 함께 읽는다는 건 함께 읽은 이들의 삶까지도 따라가는 일이었다. 책의 문자를 통해 함께 읽은 다른 이의 이야기를 통해 사람을 만나고 또 다른 삶을 만났다. 책이란 너무도 매력적이고 황홀한 것이라는 생각이 들었다. 그래서 계속 그 일을 멈추지 않고 하고 싶었던 것 같다.

책을 읽고 함께 나누고 쓰면서 나는 참 많은 위로를 느꼈다. 내 삶을 돌아보게 되었고, 나 아닌 다른 이의 삶도 이해하는 방법을 조금씩 배웠다. 책은 내 선생님이고 내 친구였다. 그렇게 빚진 나의 고마움을 다른 이에게도 전하고 싶은 마음이다. 내가 느낀 치유와 위로를 또다시 다른 이에게 전하고 싶다. 책을 읽으며 또 이렇게 글을 쓰며 내가 느끼고 있는 이 위로가 다른 이에게 전해졌으면 좋겠다. 그 따뜻함이 전해진다면 참 좋겠다. 그 경험을 하는 이들이 많아지면 정말 참 좋겠다.

대안교육에 눈뜨다

둘째 제다가 5세 때 유치원으로 입학한 숲학교에는 열 명 남짓한 아이들로 구성된 초등부도 함께 있다. 내가 처음 만난 대안학교, 대안교육의 세상이었다. 아이들과 부모님들, 그 모든 모습이 너무 낯설었다.

교육의 방향과 본질에 대해 깊이 생각해 본 적 없던 나는 첫 아이를 사립초등학교에 입학시켰다. 아이를 위한다는 핑계를 대며 열심히도 힘든 시간을 보냈다. 너무 많은 학습량과 해도 해도 끝나지 않는 경쟁을 하고 있을 때면 마치 내리지도 멈추지도 못하는 급행열차에 올라탄 듯 쫓기는 마음을 느꼈다.

힘든 시간을 보내던 중 숲학교 아이들의 모습을 처음 마주했을 때가 생각난다. 아이들의 모습이 내겐 조금 충격이었다. 그 부모님들도 잘 이해되지 않았다.

'어떻게 저렇게 아이들을 내버려 둘 수가 있지.'

'아무것도 하지 않는 아이들은 괜찮을까?'

불안하고 어설퍼 보이는 시간 속의 아이들이었다. 하지만 나 또한 내가 하고 있는 방법이 맞는 것인가에 대한 물음을 늘 품고 있었다. 잘못된 길을 가고 있는 듯한 기분도 늘 함께였다.

"우리 학부모들끼리 모여 대안교육에 대해 같이 책 읽고 나누는 시간을 가져보는 건 어떨까요? 대안학교에 아이를 보내고 있지만 저도 잘 모르는 것 같아서요. 같이 공부하면 좋을 것 같은데 어때요?"

유치부부터 초등까지 아이를 5년째 숲학교에 보내고 있는 양육자의 제안이었다. 나는 대안교육이 뭔지도 모른 채 숲학교 유치부의 학부모로 책 모임에 참여했다. 그렇게 대안교육을 만났다. 모든 게 처음이었다.

우리가 처음 나눈 책은 《더불어 교육혁명》이었다. 내게 이런 책이 오다니, 스펀지가 물을 빨아들이듯 나는 기쁘고 흥분된 마음으로 책을 읽고 또 읽었다. 자유로운 삶을 꿈꾸고 나의 아이들도 그런 삶을 살길 늘 바랐던 나였다. 그래서 집도 짓고 자연을 찾아다녔지만 정작 삶 속의 실천은 없었다. 진정한 자유의 가치를 곱씹어보지 않았다. 내 몸에 맞지 않는 옷을 입고 있는 듯한 기분과 찜찜한 마음으로 살고 있었다. 내 삶을 살아내지 못하니 아이들의 삶에도 행복은 없었다. 이건 아니지 않을까 싶은 마음으로 불만 가득한 시간을 보내던 때 이 책을 만났다. 내 삶을 살아갈 방법이 보였다. 아이가 온전히 자신의 삶을 살 수 있도록 돕는 부모가 그곳에 있었다. 내가 알지 못했던 세상이었다. 아이들은 언제나 자유로운 삶을 원하고 있었는데 나만 눈을 감고 있었다. 남들이 하는 대로, 많은 이들이 살아가는 대로 쫓아가는 삶, 목표도 가치도 없이 맹목적으로 살아가는 시간을 이제 정말 멈추고 싶다는 생각이 들었다. 내가 원하는 삶을 이제는 살아내보자 싶은 마음이었다.

조금씩 마음에 변화가 일기 시작했다. 예다의 모습이 너무 안쓰럽고 마음이 아팠다. 자유로운 숲학교 아이들의 모습과 기계처럼 문제집만 풀고 있는 예다의 모습이 겹쳐졌다. 예다가 행복하지 않았다. 그런 예다를 보는 나도 불행했다. 집을 짓고 좀 더 달라진 삶을 원해서 이곳까지 왔는데 공간만 달라졌을 뿐 교육에서의 내용은 이전 그대로였다.

멈춰야 했다. 마음은 이미 저만치 앞서가 있었다. 내가 예다에게 너무 많은 잘못을 하고 있다는 것을 이제라도 깨달았으니 다행이었지만, 더 이상 지체할 수 없겠다는 마음에 조바심이 났다. 대안교육에 관한 책들을 여러 권 더 찾아 읽었다. 앞서가는 마음을 따라가자면 현실적인 내용과 지식이 필요했다.

이후 남편에게 조심스럽게 이야기를 꺼냈다. 예다와의 관계 개선을 위해 우리 모두의 미래를 위해 다른 방법을 찾아보고 싶다는 이야기에 남편은 적극적으로 동의하고 지지해주었다. 예다와 내가 너무 힘들어 보였고 그걸 옆에서 지켜보는 본인도 많이 마음이 아팠다고 했다.

"우리가 정해주는 인생의 길이 과연 예다에게 맞는 걸까?"

"평범하지 않은 이 방법이 가보지 않은 길에 대해 많은 미련을 남기지는 않을까?"

앞서가 있는 마음만큼 현실은 냉혹했다. 내가 가보지 않은 길을 나의 아이에게 권한다는 것, 어떤 미래도 장담할 수 없는 길을 안내한다는 것은 너무 많은 불안과 두려움을 내포했다.

대안교육에 대해 책을 찾아 읽고 모임도 하고 공부하는 시간이 점점 쌓이면서 두려움이 큰 만큼 아이에 대한 믿음도 자라났다. 그리고 나도 조금 더 자랐다. 내가 자랐다는 말은 좀 부끄럽지만 '마냥 내일을 기약하며 삶을 유예하지 않겠다'는 것에 대한 생각이 확고해졌기 때문이다. 내가 생각지 못한 또 다른 세계들을 마주하는 순간마다 나의 위치에서 어떤 실천들로 미루지 않는 삶을 살아낼까 고민하고 돌아보게 되는 과정들이 이어졌는데 그중에 학교에 대한 인식을 재정립하는 비중이 가장 컸다. 하지만 이 판단의 결과는 오롯이 아이들이 짊어지게 될 것이기에 난 여전히 아직도 끊임없이 나에게 질문을 던지는 과정 중에 있다. 이건 아마 내가 끊임없이 해야 할 과정이 아닐까 한다. 나의 아이들과 함께 걸어갈 그 길에 서 있는 이들에게 위로와 응원을 함께 보내며 말이다.

대안교육이라는 새로운 친구는 나를 다른 세상으로 데려가 주었다. 자꾸 다른 세계를 또 마주하게 한다. 교육에 그치는 것이 아닌 내 삶 전체를 돌아보게 했다. 모든 것은 연결되어 있었다. 아이의 교육을 챙기는 일은 나에게도 선생님이 되어 배우는 사람으로 더 좋은 사람으로 살고 싶어지게 했다.

생계의 길이 아닌 꿈의 길을 걸어갈 아이를 마음 저리게, 가슴 찡하게 응원한다. 그 길 위에 서 있는 일이 외롭고 두려울 때마다 난 아이에게 무얼 해줄 수 있을까. 든든하고 듬직한 부모가 되어주겠다는 말은 쉽게 하지 못하겠다. 다만 아이와 함께 그저 같이 울고 같이 흔들리고 같이 웃으며 그 길을 가고 싶다. 진심으로 아이와 함께 서로를 위로하며 마음 따뜻하게 살아가고 싶다. 그거면 충분하다고 이야기해줄 수 있는 다정한 친구이고 싶다.

내 꿈은 글 쓰는 할머니

책을 열심히 읽고 독서모임도 열심히 시작하던 때, 나는 좋은 친구를 만났다. 조용한 성격으로 친구 사귀는 데 시간이 오래 걸리는 나는 너무도 활달하고 적극적인 그녀를 만나 급격하게 가까워졌다. 우리는 책을 열심히 읽었다. 함께 읽고 함께 나눴다. 그동안 간절한 마음은 가득했지만 나 혼자 진득하게 지속하기 어려웠던 영어 공부, 역사 공부도 함께했다. 둘이 같이 하니 더 재미났다. 서로의 진행 상황을 챙겨가며 내 몫을 해냈다. 매일매일 꾸준히 무언가를 한다는 건 내게도 일상의 소소한 기쁨이 되어주었다.

그녀는 실천력 갑이었다. 나와 정반대의 성향이었다. 나는 어떤 일이든 한번 결정하기까지 시간이 오래 걸린다. 또 우유부단하다. 다만 한번 결정한 일을 번복하는 경우가 생기는 경우 마음이 많이 힘들어진다. 그래서 무언가 그걸 꼭 지켜내고 싶어지면 처음에 오랜 시간 마음을 준비하고 노력을 더 한다. 말하자면 곧이곧대로 융통성 제로다. 젊은 시절의 나는 그렇지 않았는데 결혼 후 나의 성격은 많이 바뀌었다.

그녀는 나와는 다르게 무엇이든 행동이 먼저였다. 그녀의 삶의 철학은 '해보지 않고는 알 수 없다'였다. 무슨 일이든 해보지 않고 후회하는 것보다 해보고 경험해보는 것이 중요하다고 생각했다. 그리고 그 행동의 다양함과 변화에 대해 아주 많은 가치와 소중한 의미를 부여했다. 나와는 정말 반대였다.

나는 그녀에게 많은 것들을 배웠다. 삶의 유연함에 대해, 실천하는 추진력에 대해, 본인의 중심을 들여다보는 일에, 함께 공부하는 즐거움에 대해. 그녀에게 배운 건 실로 놀랍고 많았기에 그녀와 함께 무언가를 하는 건 재밌고 즐거웠다. "둘이 꼭 연애하는 것 같다."라는 남편들의 이야기를 귀로 흘려들을 수 있을 만큼.

나는 그녀와 처음 해보는 것들이 참 많았다. 먼저 독서모임에서 새로운 사람들을 만나게 됐다. 나 혼자였다면 내지 못했을 용기였다. 그곳에서 만난 그녀들은 나와 살아가는 방식과 환경은 달랐지만 그들의 이야기를 포함한 나누는 책 이야기는 정말 재미있었다.

또 독서모임을 통해 세 번이나 작가를 초대해서 모임을 가졌는데 그것 또한 정말 색다른 경험이었다. 어린아이를 키우는 엄마 작가, 소녀의 마음을 지닌 중년의 작가, 환경운동을 실천하는 멋진 작가까지 내가 꿈꾸는 길을 앞서가고 있는 그들을 가까이에서 지켜보며 마음을 다잡던 시간이었다.

독서 동아리 지원사업에도 도전해서 지원금을 받아 1년 동안 여러 가지 소중한 추억을 쌓기도 했다. 모두 추진력 있는 그녀가 없었다면 경험하지 못했을 기회였다.

하루는 그녀와 꿈에 대해 이야기를 나눴다. 노년엔 어떤 일을 하고 있을까. 나는 그때 나도 몰랐던 내 마음속 이야기를 꺼냈다. 내가 몰랐다고 이야기하는 건 사실 나도 그 이야기가 내 입 밖으로 나와서 조금 놀란 느낌이 어렴풋이 기억나기 때문이다.

"난 나이 들어서 나만의 이야기를 글로 쓰고 있는 할머니였으면 좋겠어. 내 이야기를 누가 궁금해하겠냐 만은 그래도 한 사람이라도 나의 글을 읽어주는 사람이 있다면 나는 글을 쓰는 할머니이고 싶어."

"나도 그래! 나도 그런 생각했어. 나도 글 쓰는 일을 하고 있으면 좋겠다, 그런 생각했어."

정말 의외의 대답이었다. 그녀도 나와 같은 생각을 하고 있을 줄이야. 너무 반갑고 너무 놀라서 그녀와 내 마음의 거리가 한순간 더 좁혀진 것 같은 느낌이 들었다. 난 나의 이야기를 글로 풀어내는 일이 참 근사하고 멋지다고 생각했다. 말로 뱉어내서 흩어져버리는 것보다, 아주 천천히 고민하고 꾹꾹 눌러 쓰여 있는 글자들이 오래도록 내 곁에 남아 있는 것 같아 더 예쁘고 아름다웠다. 예쁘고 아름다운 걸 유독 좋아하는 난 그래서 더 글을 쓰고 싶어 했던 건지도 모르겠다. 오래도록 곁에서 지켜보고 싶은 마음, 그것들을 천천히 담아두고 싶은 마음, 그 마음이 글을 쓰고 싶게 만든 것 같다.

공통점이 거의 없었지만 통하는 것이 많았던 그녀와 나는 서로에게 배울 점을 찾고 각자 부족하고 노력해야 할 부분들을 위로하고 충고하며 성장해 나갔다. 같은 나이의 아이를 키우면서 말하지 않아도 이해할 수 있는 부분은 충분히 차고 넘쳤다.

그런 그녀가 3년의 시간을 함께 보내고 먼 곳으로 이사를 갔다. 아이의 교육을 위한 선택이었다. 그녀가 떠나고 다시 나는 예전의 일상으로 돌아왔다. 물론 그 전의 나와는 다른 삶을 살고 있음은 분명하지만 무슨 일이든 먼저 추진하고 함께 즐겁게 따라 하던 나는 없으니 심심하고 단조로운 생활임은 분명하다.

가끔 함께 미래를 그리고 꿈꾸던 그녀가 그리워질 때면 예전의 기억을 떠올린다. 마음이 맞는 사람들과 함께 작당하고 일을 꾸미는 일은 정말 즐거운 일이라는 걸 가르쳐준 그녀가 가끔 그립다. 먼 길을 달려 찾아가 수다도 떨고 싶지만, 마음만큼 몸이 따라주질 않는다.

하지만 언제까지고 혼자만의 시간을 잘 꾸려나가고 싶은 나는 글 쓰는 할머니로 살아가는 미래를 여전히 꿈꾼다.

'지루함과 허무함에 더해 비루함까지 견뎌야 하기 십상인 노년에 무엇보다 필요한 것이 자신에 대한 새로운 이야기'라는 〈민들레〉의

현병호 선생님 글귀가 떠오른다.

　너무도 긴 노년이다. 혼자 있는 시간을 잘 보내고 싶은 나다. 나의 이야기를 만들어가는 일, 그 일을 글로 쓰는 일을 나는 잘 해내고 싶다. 평생 하고 싶은 일이다. 너무도 공감되는 글을 읽고 내가 글 쓰는 할머니가 되고 싶은 이유가 더 선명하고 또렷하게 다가왔다.

기숙학교, 우리 잘할 수 있을까

첫째 예다는 초등학교를 다니는 내내 중학교는 어디로 가야 할지 고민이 많았다. 숲학교에는 중학교 과정을 함께할 친구가 없었기에 중등부에 올라가면 더 오롯이 외로운 학교생활이 될 터였다. 집 근처 일반 중학교를 권해보았지만 가고 싶지 않다고 했다. 이미 대안교육에 발을 들인 예다가 다시 공교육으로 돌아가는 건 내키지 않았을 테다.

난 그동안 〈민들레〉라는 대안교육 잡지를 정말 열심히 읽었다. 4년 동안 두 달에 한 번 집으로 배달되었던 그 작은 책은 그동안 내게 정말 소중한 그 무엇이 되어 있었다. 흔들릴 때마다 버티게 하는 힘을 주고 따뜻한 위로를 건넸다. 늘 부족한 나의 모습을 돌아보게 만들었고 앞으로 가야 할 방향을 보여줬다. 나와 같은 고민을 하는 이들이 있음이 참 감사하고 힘이 됐다.

그곳에서 접하는 대안교육의 세상은 내게 아이를 조금 더 놓아 주어야 한다고 말해주었다. 나는 사랑이라는 이름으로 아이를 놓지 못하고 붙들고 있는 부분이 여전히 너무도 많았다. 조금씩 아이를 내 품에서 떠나게 하는 연습을 책을 읽으며 3년의 시간 동안 준비했던 것 같다. 더 부모 됨에 대해서, 더 좋은 사람됨에 대해서 끊임없이 고민하던 시간이었다. 그 시간은 내게 그것을 실천하고 싶게 만들었다.

간디학교에 대해서 궁금해졌다. 우리나라 대안교육의 시작이나 다름없는 그곳에선 어떤 교육을 하는지 예다가 다니면 어떨지 조금씩 관심이 생기기 시작했다. 산청, 금산, 제천에 위치한 학교들은 집에서 모두 멀리 떨어진 기숙형 대안학교였다. 아직도 내겐 아기 같기만 한 아이를 집과 멀리 떨어진 곳에 혼자 둔다는 건 상상만으로도 마음이 힘들었다.

처음에 내가 이야기를 꺼냈을 땐, 예다의 거부도 심했다. 집을 떠나 생활해본 적 없던 어린아이는 엄마 품을 떠나는 것에 아직은 두려움이 많았다. 우리는 여러 가지 대안을 두고 조금 천천히 생각해보기로 했다. 먼저, 예다가 결정만 하게 되면 중등부 교육과정이 새로 만들어질 지금의 숲학교, 집 앞의 일반중학교, 거리는 좀 있지만 집에서 통학 가능한 중고등대안학교, 그리고 집과 멀리 떨어져 있는 기숙형 대안학교까지.

학교마다 입학설명회를 찾아다녔다. 고민의 시간은 길었지만 선택은 쉽지 않았다. 예다를 내 품에서 떠나보낸다는 건 상상만으로도 마음이 너무 힘들었다. 그런데 자꾸만 이상하게도 집에서 너무도 먼 그 학교로 마음이 향했다. 〈민들레〉의 영향일까. 내가 가고자 하는 삶의 방향과 너무도 비슷한 그곳이 끌리는 건 아이를 떼어놓아야 하는 큰 고통이 따르기에 내 마음에서조차도 인정하기 힘들었다. 이것 또한 나의 욕심일지도 모른다는 생각이 들면서도 내려놓아지지가 않았다. 예다가 그곳에서 배우게 될 삶의 배움들은 다른 것으로 대체할 수 없을 것 같다는 생각이 들었다.

나의 마음이 조금이라도 편해지고자 간디학교와 관련된 책, 관련된 영상, 학교 설명회, 학교 축제 등을 모두 찾았다. 오락가락하는 내 마음을 단단히 잡아줄 무언가가 있을까 했다. 물론 그런 한 방은 없었다. 그동안 조금씩 쌓였던 시간이 우리의 선택에 영향을 주었을 뿐. 하지만 그 선택은 정말 힘들고 마음이 아팠다.

예다는 서류전형 합격 후 신입생 캠프를 가기 전날까지도 마음이 힘들었다. 캠프에 다녀오고 나서 입학을 하기 위한 준비에서도 가기 싫다는 이야기를 반복했다. 지금 돌이켜 예다의 마음을 헤아려보면 정말 마음이 아프다. 얼마나 두려웠을까. 얼마나 걱정이 많았을까 싶어서.

입학 전형에는 학부모소개서, 학생소개서가 있었다. 한 달여에 걸쳐 학부모소개서를 작성했다. 내가 그동안 살아온 시간, 간디학교를 향한 마음, 내가 살고자 하는 방향들이 드러나는 소개서였다.

내가 예다를 떠나보내기 힘든 이유들이 고스란히 담겼다.

　내가 예다를 떠나보내기 힘들었던 가장 큰 이유가 있었다. 어린 시절 성인 남자에게 추행을 당한 일은 아직도 내게 생생한 기억으로 자리 잡아 아직도 나에겐 어리기만 한 내 딸을 놓지 못하게 하는 가장 큰 이유가 되어 있었다. 나 없이 그곳에서 그런 일들을 겪을지도 모른다는 생각에 너무 두렵고 무서웠다. 예다를 떼어놓겠다는 다짐은 나의 과거를 다시 직시하고 직면하는 용기가 필요한 일이었다. 죽을 만큼 고통스러웠지만 조금 더 용기를 내기로 했다. 나의 과거에 내 딸까지 묶어둘 수는 없었다.

　그렇게 A4 20여 장이 넘는 입학원서를 제출하고 면접을 봤다. 합격의 기쁨도 잠시, 드디어 2박 3일 신입생 캠프의 날이 왔다. 먼 길을 달려 도착한 학교에는 적막한 공기가 감돌았다. 너무도 외진 곳, 조용한 시골마을에 위치한 학교는 조용하고 한적한 모습으로 그곳에 서 있었다. 재학생들은 모두 집으로 돌아가고 신입생들을 위해 학교는 비워져 있었다.

　운동장에 예다를 내려주고 강당으로 들어가는 예다를 지켜봤다. 그러고서 차를 돌려 왔던 길을 다시 돌아오는데 눈물이 그치질 않는 거다. 30분 내내 멈추지 않는 눈물과 함께 시골길을 내달렸다.

　학교를 고민하고 원서를 쓰고 힘겹게 마음을 다독이던 시간이었지만 이렇게 눈물이 날 줄이야. 사실 예다를 뒤로하고 차를 돌렸지만 차마 발길이 떨어지지 않아서 그 좁은 운동장을 빠져나오지 못해서 운전대를 잡은 채로 차 안에서 한참을 그렇게 있었다.

'정말 내가 잘한 결정일까.'

직장맘으로 살던 시절, 18개월의 예다를 처음 어린이집에 떼어 놓던 날, 눈물로 몇 시간을 그 앞에서 서성이던 예전의 어렸던 나의 모습과 어린이집 안에서 몇 시간을 울고 엄마를 만났던 아기 예다가 떠올랐다.

'이 먼 곳에, 이 낯선 곳에, 얼마나 좋은 삶을 살아보겠다고 저 어린 것을 고작 12년 살고 엄마 품에서 떠나 보내야 하는 것인가.'

눈물이 그치지 않았다. 그렇게 나는 그날 조금 더 엄마가 되었다. 예다는 어디서든 잘 자랄 것이고 몸은 떨어져 있지만 엄마와 가족의 사랑을 느끼며 더 많은 관계 속에서 자신을 성장시켜나갈 것이었다. 나의 눈물로 나의 슬픔으로 나의 믿음으로 한 뼘 더 자라날 예다와 나를 생각하며 마음을 추슬렀다.

예다는 엄마 품을 떠나는 연습이랄 것도 없이 학교생활에 잘 적응했다. 그 여리고 어린아이는 단단한 마음으로 건강한 생각으로 튼튼한 몸으로 천하무적이 되어 더 아이 같은 엄마를 다독인다.

더 많이 사랑하고 더 많이 응원하고 더 많이 애틋해하며 살 것이다. 그렇게 나도 자라고 예다도 자랄 것이다. 새로운 경험 속에서 변화하는 관계 속에서 더 많은 발견을 하며 살아갈 수 있길. 우리의 삶을 더 아름답게 가꾸어 갈 수 있길 바라본다. 나만 잘하면 된다.

아이들을 위한 집이 나를 위로하다

반짝반짝 빛나던 청춘의 나를 뒤로하고 엄마라는 이름으로 살아온 지 14년의 시간이 지났다. 나의 엄마가 그랬듯 나 또한 아이들을 위한 일이라면 나의 기쁨으로 돌아오는 시간이었다. 그 시간은 찬란하고 행복했지만 때론 공허하고 슬펐다. 나를 잃어가는 빈 공간에 아이들을 채워 넣으며 무던히도 애쓰던 시간이었다.

아이 둘을 키우는 일은 나에게 버겁고 힘든 일일 뿐이었다. 나라는 그릇으로 감당하기엔 나 아닌 다른 존재의 세계가 벅차고 무섭고 두렵기만 했었는데, 어찌하다 보니, 예다와 제다가 내 인생의 둘도 없는 친구가 되어 나와 함께하고 있다.

아이들과 함께한 그 시간은 분명 감동의 순간도 따뜻한 시간도 함께였지만, 마음속 부담과 나의 부족함으로 인한 죄책감의 지점도 늘 함께 동반한 채였다. 부모가 될 준비가 너무 없이 아이들이 내게 온 것이 아닌가, 자책하고 미안해하던 시간이었다.

　그렇게 애쓰던 시간에 아이들을 위한 집을 지었다. 아이들이 행복할 상상에 나도 기뻤다. 자유롭고 또 자유로울 아이들의 유년을 꿈꾸며 우리의 최선을 쏟아부었다.

　작고 소박한 공간은 우리에게 너무나 많은 걸 선물했다. 함께 웃었고 함께 어려움도 나눴다. 아이들은 둘째라면 서러울 만큼 자유함을 온몸에 장착했다. 아이의 자유함은 내게 좀 더 다른 삶을 꿈꾸게 했다. 나도 그에 맞춰 조금 더 자유롭고 좋은 사람이 되고 싶었다.

　자유하다는 건 내가 규정 지어 놓은 모든 것에서부터 벗어나 새로운 것으로 나아가야 한다는 깨달음이었다. 그리고 그 깨달음의 시도와 실천을 시작하는 것을 말했다. 내가 만든 틀은 생각보다 견고해서 잘 깨어지지 않았다. 끊임없이 읽고 쓰고 노력해야 하는 일이었다. 그것을 아는 것조차도 괴로움의 시간이었다. 하지만 그 괴로움마저도 깨달음의 시간도 내겐 새로움으로 다가왔다. 나의 틀을 깨고 새로운 세상을 만나는 건 쉽지 않았지만 재미나고 신나는 일이었다.

　돌이켜보면, 부모가 될 준비라는 것은 다른 것이 아니었다는 생각이 든다. 한 사람의 인간으로 살아가는 일에 최선을 다하는 일, 내가 좋은 사람이 되는 일, 노력하는 삶을 사는 일이, 좋은 부모가 되는 길임을 이제는 조금 알 것 같다. 내가 해줄 수 있는 것들에 감사함을 느끼고, 내가 해줄 수 없지만 그것들로 인해 부족함을 느끼지 않는, 나를 바라보는 나의 아이가 부모에 대한 긍정의 마음을 키워 자신의 존재를 긍정할 수 있는, 나는 아이를 보는 것이 아니라 나를 돌아보고 나의 결핍을 스스로 메울 수 있는 그런 사람이고 싶다.

나의 현재가 내 아이의 미래의 모습이라고 생각한다면, 내 아이가 나의 삶에서 자신들의 미래를 본다고 생각하면, 나는 나의 삶을 잘 살아내지 않을 수가 없다. 그래서 나는 오늘도 내가 좋아하고 행복한 일들을 찾으며 내 삶을 지켜내자 다짐한다.

나의 삶을 살아간다. 가족 모두 각자의 자리에서 삶을 잘 챙겨내고 있는 지금이, 내가 살아온 시간 중 가장 행복한 순간이 아닐까 한다.

만약 집을 짓지 않았다면, 우리가 이 변두리로 이사 오지 않았다면, 우린 어떤 삶을 살고 있을까. 우리가 다른 공간에서도 이렇게 소박하고 행복했을까. 아마 그랬을 거다. 하지만 가끔 아주 작고 보잘것없는 일상 속에서 조금은 다른 행복을 맛본다.

하루 가득 마당에서 시간을 보내는 날엔 더욱 그렇다. 이젠 많이 커서 혼자만의 시간이 필요한 예다를 보며 또 느낀다. 층이 다른 각자의 공간에서 자신에게 집중하는 시간을 보내다 다시 한 공간에서 만나면 그 시간은 더욱 특별하다.

아이들을 위해 최선을 다했던 그 시간이 이제 내게 위로를 건

넨다. 아이들을 위해 지었던 집이 내게 위로를 전한다. 내가 하고 싶은 것들을 찾고 싶게 만들어 준 이 공간을 나는 너무 사랑한다. 작고 볼품없고 별것 아닌 이 소소한 공간이 내게 너무 소중한 곳이 되었다.

책을 좋아하게 만들어 준, 좋아진 책을 마음껏 읽게 만들어 준, 책을 읽고 다른 이의 삶도 귀 기울이게 해준, 나의 공간들. 테라스의 의자, 나무 아래 벤치, 마당을 내려다보는 주방, 1층의 긴 테이블, 창문 앞의 소파, 층층이 책이 꽂혀 있는 계단, 3층 작은 공간의 내 책상까지.

나의 걸음걸음 닿는 곳마다 나의 시간이 쌓였다. 작지만 소소한 공간들에서 나는 조금씩 마음을 낼 수 있게 되었다. 그 마음들이 더해져 나는 조금 더 전보다 단단한 사람이 되었다.

과거의 나보다 지금의 나는 나를 더 들여다본다. 다른 것에 흔들리지 않고 나를 바라보는 시간을 늘려간다. 그렇게 조금 더 나의 길을 찾아가고 아이들은 그만큼 더 자유로워졌다. 아이에게 집중하지 않는 엄마는 아이를 더 책임감 있고 자율성 있는 사람으로 자라게 할 것이라고 믿는다. 내가 나의 성장에 집중하는 가장 큰 이유다.

나는 정말 몰랐다. 아이들을 위해 집을 지었는데 그 집에서 내가 이렇게 위로를 받을 줄은. 내게 이렇게 따뜻한 시간이 다시 찾아올 것이라고는. 집을 짓고 내가 좋아하는 것들을 찾아가는 시간

을 거쳐 애정을 쏟을 수 있는 공간에서 새로운 삶을 꿈꿀 수 있게
되었다. 그 집이 내게 위로를 건넸다.

유예하지 않는 삶

미래를 위해 현재를 저당 잡지 않는 삶, 삶을 유예하지 않겠다는 다짐, 그저 그거였다. 마냥 내일을 기약하며 삶을 유예하지 않겠다는 나의 다짐은 내가 그동안 미처 생각지 못한 또 다른 세계를 마주하게 했다. 실천함으로 미루지 않는 삶을 살아낸다는 것은 쉽지만 또 간단하지만은 않은, 마음을 내야 하는 일이었다.

삶을 유예하지 않겠다는 다짐은 아파트가 아닌 우리만의 집을 짓기로 결정했을 때 본격적으로 시작됐다. 하지만 그 다짐은 무척이나 비현실적이고 이상적인 것이었음을 부정할 수 없다. 그 시작을 통해 내가 선택한 세상은 치열했고 어려웠고 끊임없이 두려웠던 것이 사실이다. 하지만 그 이면에 새롭게 마주한 세계는 너무도 감동적인 것들이었다. 그래서 다시 그때로 돌아간다고 하더라도 나는 그 선택을 할 수밖에 없을 것이고 그 선택에 무한한 마음의 지지를 보내는 나일 것이다.

사실 오래전부터 시작된 그 비현실적이고도 이상적인 나의 마음은 정말 아주 간절했다. 늘 '지금' 이 순간 내 삶의 모든 것에 마음을 내고 애정을 쏟고 최선을 다하고 싶었지만, 모든 것이 나의 마음과는 다르게 흘러가던 시절, 나는 참 슬프고 우울했다. 간절한 마음의 크기만큼 상실감은 몇 배로 컸다.

내가 끝까지 포기하지 않고 그 마음을 붙잡을 수 있었던 건 아이들이 있었기 때문이다. 엄마라는 이름은 어떤 상황에든 어떤 현실에든 마음 갈 곳 없이 흔들리는 나와는 상관없이 단단하게 서 있어야 했다. 그리고 결국 그 마음의 실천은 주위의 가족들과 사랑하는 사람들이 없었다면 결코 실현 불가능했을 일이라는 걸 너무도 잘 안다.

우리는 집을 짓고 새로운 공간에서 새로운 시간을 써내려갔다. 나는 책을 통해 조금씩 치유의 시간을 가지게 되었고 책과 함께 삶을 나누는 모임에서 위로를 얻었다. 대안적인 교육의 삶을 실천하고 공동체에서 서로를 응원하는 이들을 만났다. 아이들은 자연에서 자유함을 느끼고 조금 덜 우울한 엄마를 마주했다.

유예하지 않는 삶이었다. 이후 아이들의 교육을 고민하고 대안적인 삶을 생각하는 시간이 계속 이어졌다. 〈민들레〉, 〈녹색평론〉을 구독하고 내가 실천할 수 있는 일들을 찾기 시작했다. 생태적 삶, 문명의 전환, 입시교육에서 벗어남, 채식의 삶, 페미니즘, 공동체에 대한 꿈, 이 모든 것들에 대한 의지에 관하여 마음들이 향해갔다.

타자화하는 것에 대해 나의 삶을 돌아보게 되었다. 내가 하고 있던 생각과 말과 행동들은 너무도 당연한 것이 되어 나를 만들어 가며 단단해져 가고 있었다. '나는 너와 다르고 모든 것은 내가 결정한다'는 권위에서 내려오는 일은 수시로 매 순간 다짐하고 반복하고 점검해야 하는 일이었다.

또한 그 일들은 모든 것이 연결되어 있다는 순환의 고리를 인식하게 했다. 내가 해야 할 일들을 언제까지 모른 척하고 살아갈 수 있을 것인가에 대해 고민하게 되었다. 불편한 것들에 대해 마음을 내고 실천하고 읽고 쓰는 일을 멈출 수 없는 이유였다. 교육에 관한 가치관도 그중 하나이기에 간절함을 가지고 다가가는 과정 위에 있는 것이다.

우리가 살아가는 세상은 연결되지 않은 것이 없다. 내가 살아가는 시간 동안 세상에 조금이나마 해를 덜 끼치고 좋은 영향을 미치고 흔적을 남기지 않는 삶을 살아가고 싶다. 삶을 유예하지 않겠다는 다짐은 결국 해를 끼치지 않는 녹색을 향한 마음을 품고 사는 삶이었다.

아이와 함께 조금씩 나의 시간을 선함으로 가는 길 위에 올려놓고 싶다. 간절한 마음이다.

정말 모든 것이
기적이었다

집을 짓고 새로운 시간을 써 내려간 지 5년이 흘렀다. 아이들은 그동안 많이 자라 중학교 2학년, 초등학교 2학년 나이가 되었다. 기숙사 생활을 하며 매주 집에 오고 싶어 하던 예다는 이제 친구와의 시간과 학교에서 하는 활동들에 너무도 적극적이고 집중하는 아이가 되었다. 우리는 얼굴을 마주하는 시간은 줄었지만 마음의 거리는 더 많이 좁혀졌다. 학교의 일상에 너무도 빠져 있는 예다를 지켜보며 나 또한 성장을 멈추지 않아야겠다고 다짐하게 된다.

숲학교만 4년을 다닌 제다는 2학년이 되고 새로운 학년을 시작하면서 스스로 공립초등학교를 선택했다. 또래 친구가 그립고 새로운 일상의 변화를 꿈꾸던 작은 소년은 되려 흔들리는 엄마의 마음을 붙잡아주며 단단한 의지와 결단으로 새로운 선택을 과감하게 시도했다. 나에게 너무 많은 변화를 선물해주었던 숲학교와 헤어지는 슬픔은 오롯이 나 혼자만의 몫이었다. 아이는 아쉽고 슬프지만 4년의 시간은 충분했다고 이제 조금 더 큰 세상에서 여러 친구도 만나고 공부도 해보고 싶다고 했다. 숲학교에서 다져진 내공으로 아이는 나보다 더 단단한 아이가 되어 있었다. 나의 욕심으로 아이를 붙들어놓기엔 아이의 의지와 결심은 너무 확고했고 내가 그동안 배우고 공부해온 시간을 부정하는 것이었기에 마음 다해 아이의 결정을 응원하고 지지해주었다. 새로운 환경에서 좌충우돌하며 적응해가는 아이를 예전보다 조금은 더 편안한 마음으로 지켜본다. 우리의 긴긴 인생에서 정말 사소하고 작은 선택이 될 오늘의 시간을 유연한 마음으로 다만 또 다른 선택지를 놓치지 않고서 그저 최선을 다해 살아가 본다.

우리 부부는 별다를 것 없는 일상을 살아간다. 각자의 시간을 보내고 서로를 응원하며 시간을 쌓아간다. 거의 주 5회 재택근무를 하고 있는 남편은 우리의 일상을 많이 바꿔놓았다. 가족과 함께 하는 시간이 늘어난 만큼 일상의 마주침은 더 찐득거리고 더 귀찮아졌지만 그것 또한 더 애틋해진 우리의 관계를 표현해주는 말일 거다. 앞으로도 계속 달라질 근무 패턴에 때론 힘들어하며 아쉬워하며 또 한편으론 감사해하며 그렇게 적응해가며 살아갈 것이다.

여전히 동네 분들과는 골목에서 오며 가며 만나 수다를 떨고 옆집과 앞집 평상에 앉아 일상을 나눈다. 마을 공사가 끝나고 어수선함이 정리되면 지인들도 초대하고 마을 분들도 함께 모셔서 마당의 시간을 다시 또 진하게 시작하고 싶다.

코로나의 시간을 거치면서 소원해졌던 관계들도 다시 회복 중이다. 온라인으로 이어지던 책 모임을 조심스럽게 오프라인 만남으로 다시 시작했다. 희미해져 가던 존재들의 얼굴을 마주하고 함께 웃고 함께 눈을 마주하니 살아 있는 존재감으로 내 앞에서 가슴 벅차게 움직이는 듯하다.

예다의 학교 공동체 모임에서도 즐겁고 가슴 떨리는 만남이 이어졌다. 작고 소소하고 별것 아닌 대화 속에서 서로를 위로하고 이해하는 시간이었다. 언제 또 내가 이렇게 재미있는 시간을 보냈었나 싶을 정도로 마음껏 웃고 마음 가득 즐거웠다.

집을 짓고 내게 찾아온 변화는 실로 기적 같은 일이었다고 말할 수 있을 것 같다. 공간의 힘을 막연히 꿈꾸던 지난날엔 미처 예상하지 못했던 지금이다. 너무도 소소하고 별것 없는 나의 일상이 또 다른 삶을 꿈꾸는 누군가에게 조금이나마 희망이 되면 좋겠다. 공간의 변화를 꿈꾸고 내가 좋아하는 것들을 찾아가는 시간이 만나 위로의 시간이 내게 왔다.

정말 모든 것이 기적이었다.

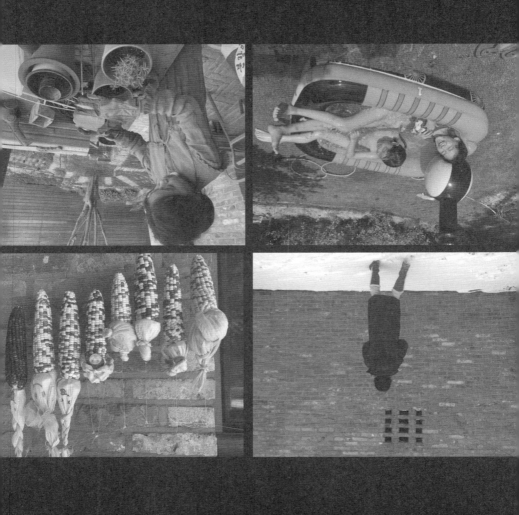